地獄くらやみ花もなき　弐

生き人形の島

路生よる

角川文庫
21236

目次

主な登場人物

小《お》野《の》篁《たかむら》

気が付くとそこにいる、平安装束に身を包む謎の人物。

遠《とお》野《の》青《せい》児《じ》

皓の助手。他人の罪を一目で見抜くことができる。

西條《さいじょう》皓《しろし》
悩める人々の相談を受ける、
謎の美少年。

紅子《べにこ》
黒硝子のような目をした
謎の少女。

凜堂《りんどう》棘《おどろ》
世間で評判の凄腕探偵。
通称「死を招《よ》ぶ探偵」。

事件が彼らを誘《いざな》うのか、彼らが事件を招《まね》くのか――。

イラスト／アオジマイコ

緋《あか》

皓の弟と名乗る少年。

絢辻幸次《あやつじこうじ》

吉鷗島《きおうとう》の所有者、人形作家。

絢辻璃子《あやつじりこ》

幸次の娘。

絢辻玻璃《あやつじはり》

幸次の妻。十年前に死去。

絢辻一冴《あやつじかずさ》

璃子の従兄弟、ファッションデザイナー。

絢辻紫朗《あやつじしろう》

璃子の従兄弟、一冴の異母兄、絢辻家次期跡取り。

霜邑潤一郎《しもむらじゅんいちろう》

幸次、璃子の世話係にして、主治医。

第一怪　ヒダル神《がみ》あるいはプロローグ

この世には、嗤《わら》わない金魚もいるのかもしれない。

*

一歩外に出ると森があった。

いや、目の前に生えた樒《しきみ》の巨木が、そんな錯覚を抱かせるのだろう。実際、青児《せいじ》は住み慣れた屋敷から、ただ一服するために外へ出て来ただけなのだから。

頭上にはとりどりの濃淡に透ける葉群があって、直射日光を遮られるせいか、八月頭でも意外なほど気温は低い。聞こえるのは、ほとんど枝葉のざわめきばかりだ。

この場所に立つ度、世界の外側にはみ出してしまったように錯覚する。

同時に、脳裏に浮かぶのはある三文字だ。

——誘蛾灯。

又聞きした知識によると、シキミ属を表す英語はイリシウム。ラテン語で〈引き寄せる、誘いこむ〉の意味を持つ illicio が語源であるらしい。

かつて青児もこの場所に引き寄せられた蛾の一匹だったのだから。そして今では、自他共に認めるタダ飯食いの居候だ。一応、住みこみの助手という肩書はあるけれど。

潰《つぶ》れた煙草の箱から一本引き抜き、安物のライターで火をつける。

振り向くと、緑陰に呑《の》まれるように煉瓦《れんが》敷きの小道がのびていた。さらに奥には、大《たい》正《しょう》期に建てられた和洋折衷の西洋館。そんな御伽話《おとぎ》めいた光景も今や見慣れたものだ。

気がつけば、居候暮らしも早七ヶ月。

春先に白い花を咲かせた樒が、やがて夏の青葉へと遷《うつ》ってもなお、ぬるま湯に浸《つ》かるように日々は穏やかなままだった。けれど、ふとした瞬間に思い出してしまうのだ。

ここは、鬼の棲《す》み処《か》なのだと。

「さて、戻るか」

軽く溜息《ためいき》を吐き、吸い殻の後始末をして小道を渡った。

やがて辿《たど》り着いた玄関は、誘うように開いた扉に〈どうぞ中へお入りください〉と貼り紙があった。これを見る度に〈注文の多い料理店〉を連想してしまう。

実態は、当たらずとも遠からずといったところだ。化け猫ではないにしろ、人でない者の領域には違いない。正真正銘の妖怪《ようかい》屋敷だ。

屋敷の主人の名は、西條皓《さいじょうしろし》――半人半妖の魔族であり、かつて〈稲生物怪録《いのうもののけろく》〉にも登場したという魔王・山本五郎左衛門《さんもとごろうざえもん》の、やんごとなき跡取り息子である。

「どうも戻りましたー」

書斎の扉を開くと、やはり見慣れた光景があった。

正面奥に、舞台の緞帳《どんちょう》めいたドレープカーテンのかかったガラス窓。そして、右手の壁のほとんどが、天井丈の本棚で覆われている。

いつ見ても圧倒される光景だ。慣れない内は、扉を開ける度に「うわ」と怯《ひる》んでいたのだが、今やすっかり日常の一部と化してしまった。

そして書斎の中央、猫脚のテーブルに着席した一人の少年の姿もまた。

「お帰りなさい、青児さん。ちょうどお茶の時間ですよ」

声の主は黒髪黒目の少年だ。年の頃は十五、六歳ほど。今日もまた難しげな本を開き、どこか蔓性《つるせい》の植物に似たフォルムのクイーン・アン様式の椅子に座っている。

一見、死に装束かと見まがう着物には、ぼかし染めの図柄。かすかな墨の濃淡で描かれているのは、大輪に咲きこぼれる白牡丹《はくぼたん》だ。雪白の花弁から感じるのは、匂い立つほどの妖《あや》しさと威容だった。

——百花《ひやつか》の王だ。

「おや、また外で煙草ですか？」

「ええ、まあ、ちょっと紅子《べにこ》さんの目が気になって」

「禁煙活動中のようですからね。ただ一日一箱というのは、さすがに増えすぎな気もしますけど」

「……えーと、今日もアップルパイですかね？」

聞こえないフリで向かいの席に腰を下ろした。

おっとり苦笑した皓少年の姿は、まさに深窓の令嬢ならぬ、深窓の令息である。インドア派と言えば聞こえはいいが、実のところヒキコモリ一歩手前ではなかろうか。

やがて世話人の紅子さんが現れて、午後遅めのお茶の準備が始まった。そんなこんなで長閑《のどか》に日々は過ぎていくばかりである。

――この先も、ずっと続いてくれれば。

そう願いたいのは山々だが、しょせん叶《かな》わぬ望みだろう。皓少年の生業《なりわい》が〈地獄代行業〉である限りは。

悪人には、罪に応じた報《むく》いを受ける義務がある。そして、現世においてその罰を逃れた者のもとには、地獄の鬼がやってくるのだ。そして、その鬼の代わりに〈地獄代行業〉という役を担っているのが皓少年なのである。

と言うと、まるで必殺仕事人のようだが、当たらずとも遠からずといったところだ。依頼人が正真正銘の閻魔大王《えんまだいおう》という、決定的にして絶望的な違いはあるけれど。

そして、そんな皓少年の助手兼居候をつとめているのが青児である。

元はと言えば、ただ一人の友人だった猪子石大志《いのこしたいし》に裏切られ、借金の連帯保証人として闇金に臓器をバラ売りされかけたところで、皓に買い取られたのが始まりなのだ。ちなみにお代は三千万円の一括キャッシュ払いである。

以来、住みこみの助手として絶賛タダ働き中なのだが、日増しに肩書が危うくなりつつあるのは、果たして気のせいだろうか。

と言うのも、一介の凡人である青児を、皓少年が犬や猫といったペット同然に見なしている節があるからで、かと言って助手としてめざましい働きがあるかと言えば、それもまた怪しいところだ。

そして。

「やっぱり抹茶あずきというのは、いつでも無難に美味《おい》しいですねえ」

「あ、こっちも旨《うま》いですよ。ほら、ブルーハワイ」

「ふふ、しかしブルーハワイというのは、結局、何味なんでしょうね」

およそ一時間後。

だらだらフードコートで駄弁《だべ》る中学生のごとき頭の悪い会話をする二人の前には、涼やかな江戸切子の小鉢に盛られたカキ氷が並べられていた。

一口頬ばるごとに、冷たさと甘みがじんわり体に沁《し》みこんでくる。

紅子さんお手製のカキ氷は削り方がポイントらしく、舌触りがふんわりして口どけも一瞬だ。もしも青児がペンギン型のカキ氷機をシャリシャリ回してもこうはいくまい。夏ならではの、まさに至福の一時である。定番のアップルパイも飽きがこないが、たまにはこんな変わり種もありがたい限りだ。

「あ、そう言えば、駅前にカキ氷屋ができて、行列になってるみたいですよ」

ふと思い出して青児が言った。

まだオープンして間もないものの、旬の果物をたっぷり使った自家製のソースと質にこだわった天然氷で、一時間待ちもザラな盛況ぶりだ。

「じゃあ、今度紅子さんに食べて来てもらって、同じものを作ってもらいましょうか」

「……はい？」

想像を絶する万能っぷりに、思わず青児は絶句してしまった。

しかし皓少年には、はなから炎天下で行列に並ぶという選択肢はないらしい。いくら何でも甘やかされすぎではないだろうか。

「ふふ、外出しづらい事情もありますし、紅子さんは姉みたいなものですからね」

はてさて。事情とやらは初耳だが、紅子さんが姉代わりなのは本当だろう。身の回りの世話の一切を請け負っている以上、姉弟《きょうだい》というより親子かもしれないが。

「そう言えば、皓さんってお兄さんお姉さんはいないんですか？」

ふと気になって訊《たず》ねると、なぜか皓は魚の小骨が喉《のど》に引っかかった顔をした。

「そうですね。まず僕の父、山本五郎左衛門が来日したのが、源平《げんぺい》の合戦の頃だったそうです」

野次馬根性で戦《いくさ》見物としゃれこんだものの、食文化を気に入ってそのまま居ついてしまったらしい。なるほど、つまりヒアリやブラックバスなんかの外来種と同じなのか。

「その後、側室を二十人以上持ったそうで」

そう淡々と続ける皓に、青児は内心ツッコミを入れた。

さてはマハラジャか。

「子供は、僕の他に三十一人いたという話です」

……なるほど、マハラジャだった。

「けれど、物心がついた頃には一人もいませんでしたね」

「え」

意味深、と言うには、どうも表情に陰《かげ》りがある気がした。

「あの、それって」

つまり、かつて三十一人の兄弟がいて、全員死んでしまったということか。どうして、と訊ねたいのは山々だが、迂闊《うかつ》に触れたらまずい気もする。

とりあえず無難に話題を変えることにして、

「あの、ええと、皓さん」

「はい、何です？」

「実は俺、紅子さんが笑ったところって一度も見たことないんですが」

おや、と皓は少し意外そうに瞬《まばた》きをした。

「冗談はわりと言う方じゃないかと思いますけどねえ」

……存じておりますとも。

「ふふ、笑い声なんかは滅多に聞きませんが、たまには笑うことだってありますよ」

「ほ、ほんとですか？　すごく見てみたいんですけど！」

「そうですねえ。写真に撮るわけにもいきませんから、ご本人にお願いしてみましょうか。ほら、早速いらっしゃいましたよ」

「ええ！」

振り向くと、ティーワゴンを押しつつ紅子さんが現れた。

夏でも代わり映えしない和装メイド姿は、虎蝶尾《とらちょうび》という金魚とそっくり同じ、黒と朱《あか》の二色だった。不自然なほど大きな黒目も、人というより魚のそれだ。

……もしかすると本当に金魚が化けているのかもしれないが。

「ええと、あの、紅子さん」

控えめに言って、罰ゲームとして某ハンバーガーショップで「スマイルください」と注文させられる時のような気恥ずかしさだ。しかし、おたおた百面相でお願いするはめになった青児に対し、紅子さんの返答はシンプルだった。

「申し訳ありません。もとが魚の身ですので笑い方がわからなくて」

「……」

「冗談です」

で、ですよねー。

乾いた声でハハハと笑うと、しばし考えこむような沈黙があった。

「承知しました。では機会がありましたら、おいおい」

「た、楽しみにしてます！」

慌てて叫んだ青児に、ぺこりと素っ気なく一礼して紅子さんは退室してしまった。

相変わらず、いまいち正体不明な御仁である。しかし、たまには笑うこともあると知って、なんとなく安堵《あんど》してしまった。

表情豊かな魚類にはお目にかかったことがないが、ひょっとするとテレビで見かける人面魚なんかも、池の畔《ほとり》でアイスを食べる見物人たちを鼻で笑って——ん、アイス？

「あ！」

「おや、どうしました？」

「一昨日《おととい》、紅子さんが作ってくれた自家製アイスクリーム！　あれをカキ氷にのせたらもっと美味《おい》しくなりませんか？」

「なるほど、よさそうですね」

「あと缶詰のフルーツあんみつも試しません？　相性ぴったりだと思うんですけど」

「ふふ、抹茶アイスや黒蜜《くろみつ》なんかも合いますかね」

「完璧《かんぺき》じゃないですか！」

「じゃあ早速、明日《あした》にでもお願いしましょうか」

「大賛成です！」

「というわけで、日が暮れる前にスーパーまでお使いをお願いします」

「……へ？」

と驚き顔をする青児に、相変わらずにこにこ笑顔の皓は、シャクシャクとスプーンの先で崩したカキ氷をおっとり口に運びながら、

「なにせ言い出しっぺは青児さんですからねえ」

クスクス笑いながらのたまった。なんとなく詐欺にあった心持ちである。

「余ったお金で煙草を買ってきてもいいですよ」

「行かせて頂きます！」

善は急げと席を立つ。すかさず扉の奥から冷たい視線が飛んできた気もするが、気のせいということにしておこう。

「そろそろ夜になりますから、迷子にならないよう気をつけてくださいね」

言いながら皓の手が、ぽんと青児の背中を叩《たた》いた。

はて、どうも近頃、やけに背中をぽんぽん叩かれている気がするが、スキンシップの一環なのだろうか。そう首をひねりつつ青児は屋敷を後にした。

＊

青々と冬蔦《ふゆづた》の茂ったトンネルをくぐると、途端に蝉の声がうるさくなった。視界に映るのは延々と続く黒板塀だが、はてさて一体どこで鳴いているのか。

（マズイ、もう十八時だ）

内心舌打ちして、スニーカーの足を早める。足元では、焦げ跡めいた影が細くのびて、視界全体が薄青色の曇りガラスを透かしたように翳《かげ》り始めていた。

逢魔《おうま》が刻《とき》が近づいている——人と妖《あやかし》の出くわす時刻だ。

さらに青児の場合、下手をすると本当に妖怪《ようかい》に出くわしかねないのが問題だった。

(これぱっかりは慣れないな)

皓少年が地獄代行業を営むあの屋敷では、黄昏時《たそがれ》になると、灯《あか》りに引き寄せられる蛾のように地獄堕《お》ちの罪人たちがやって来る。

その客人たちの姿が、青児の目には妖怪となって映るのだ。

原因は、幼い頃に偶然左目に入りこんだ〈照魔鏡《しょうまきょう》〉の欠片《かけら》で、以来青児の目には、その人物の隠された罪を〈妖怪〉の姿として認識する力がそなわっている。

だから、逢魔が刻の外出は、極力避けるようにしてきたのだが。

「……あれ?」

目の前に、白い人影が立っている。

とっさに幽霊の二文字が脳裏を過《よ》ぎり、しかし一瞬後には白地のセーラー服を着た女子高生だと気がついた。

どちらかと言えば美人だろうか。色白で小柄な容貌《ようぼう》に、内巻きのボブカットと紺色のスカーフが清楚《せいそ》そうな雰囲気だ。

「あ」

向こうも青児に気づいたようだ。ほっとした顔で小走りに駆け寄って来ると、

「すみません、近所の人ですか? 実は迷子になってしまって」

普通だ。近頃、何かと規格外の雇い主に毒されがちな青児にとって、ちょっと感動を覚えるくらいの普通っぷりである。

なのに。

「この辺りに樒《しきみ》の巨木があって、その近くに一軒の西洋館があるって聞いたんです」

思わずまじまじと少女の顔を見返してしまった。

まさか客人の一人なのか。しかし、いくら凝視したところで、その姿が妖怪に変わる様子はなかった。つまり彼女自身は、罪人ではないことになる。

となると。

「あんな屋敷に一体何の用があるんですか？」

「あ、よかった。知ってるんですね」

しまった、知らぬフリをすればよかった。

「私、須々木《すずき》芹那《せりな》って言います。塾の先生から、去年の夏頃にそこで悩み相談をしたって聞いて——」

なるほど。どうやら伝言ゲームに失敗した結果、凄腕《すごうで》の占い師か心理カウンセラーと勘違いしているようだ。

（よかった、ただの迷子みたいだ）

考えてみれば、もしも彼女が罪人であるなら、そもそも迷うはずもないのだ。この先は一本道で、突き当たりのトンネルには案内板まであるのだから。

つまるところ、目くらましの呪《まじな》いだ。

皓少年の暮らすあの屋敷は、地獄堕ちの罪人の他、何人たりとも近づけないようになっているらしい。その他大勢の通行人にとっては、行き止まりであり、迷路なのだ。

「あの、もしかして、おにいさんはお屋敷で働いている人ですか？」

「ええ、まあ、似たようなもので」

実態は、居候兼ペットだが。

「ああ、なんだ、そうなんですね」

ふと得体の知れない寒気を感じて、青児はうなじの毛を逆立たせた。

目の前には、じっとこちらを見上げる芹那の姿がある。

やはり、普通だ。なのに、ざわざわと不穏な胸騒ぎがおさまらない。

何かが変だ。けれど、変な、妙な、歪《いびつ》な、そんな印象ばかりが先立って、肝心の原因がつかめない。

と。

「よかった。なら、ちょうどいいですよね」

ほっとしたように笑った芹那が、スクールバッグから何かを取り出した。

包丁だった。

「え？」

ぎしり、と空気が軋《きし》んだ気がした。今もって芹那の顔つきに変化はない。けれど、その手は不穏に光る凶器をしっかりと握りしめている。

その瞬間、これまでの違和感の正体に気がついた。

（ああ、そうか――瞬《まばた》きをしていないんだ）

コンマ一秒の世界で命のやりとりをする野生動物が、ほんの一瞬の隙も見逃すまいと、じっと獲物を見すえるように。

ああ、そうだ、これは――人でなしの獣の目だ。

逃げろ逃げろ逃げろ！

直後に青児は、矢も楯《たて》もたまらず駆け出していた。

しかし路面の凹凸《でこぼこ》に足先を引っかけて、つんのめるように転んでしまう。

「ま、まず……げえ！」

泡を食って振り向いた途端、腰だめに包丁をかまえた芹那が突っこんできた。

「わ、わわっ！」

蛇が牙《きば》を剝《む》くようにして、包丁の刃先がくり出される。その一撃を避《よ》けようと無理に飛びすさった青児は、危うく頭から後ろ向きに転びかけてしまった。

よろめいて尻餅《しりもち》をついた直後、寸前まで青児のいた場所に、包丁の刃先が振り下ろされる。間一髪だ。

「ひぃっ！　や、やめ」

あたふた立ち上がろうとしたところに、次の一撃が振り下ろされた。とっさに亀よろしく首をすくめて避けると、狙いを外した刃先がアスファルトの路面を叩く。

反動で芹那の手から包丁の柄が飛んでいった。すかさず身をひるがえした芹那の姿は、ざんばら髪を振り乱した昔話の鬼婆《おにばば》さながらだ。

そして、落ちた包丁を拾うため、芹那がわずかに上体をかがめた、その瞬間に——。

(今だ!)

ほとんど体当たりするように、青児はその背中を突き飛ばした。

両手で腹部を押さえた芹那が、上半身をねじるようにアスファルトに倒れこむ。すぐさま起き上がってこないのを見ると、どうやら肩を強打したようだ。

逃げるなら今しかない。

慌てて方向転換した青児は、脱兎のごとく駆け出そうとして——はたと気づいた。

この先は、延々と続く一本道だ。このまま逃げれば、包丁を振り回した鬼婆との命がけのドラッグレースに突入するのは間違いない。

(ああ、くそ、一か八かだ!)

とっさに青児のとった行動は、すなわちコースアウトだった。黒板塀の一枚に手をかけて、懸垂の要領で乗り越える。

もしも向こう側が民家だった場合、明らかな不法侵入だ。最悪、通報される覚悟での、半ば捨て身の賭《か》けだったのだが。

「え?」

飛び降りた先は、墓地だった。

藪《やぶ》に覆われた敷地には、数百は下らない数の墓石が散在し、さらに奥には竹藪に隠れるように、瓦《かわら》屋根の崩れた廃寺が見える。

まさに荒れ墓と呼ぶに相応《ふさわ》しい光景だ。

「……嘘だろ」

まさか黒板塀の向こうに、こんな光景があったなんて。

(もしかして、もともと無縁墓のあった場所にこの一本道を引いたんじゃ)

ぞわあ、と背筋が総毛立ったその時、板塀越しに革靴の足音が聞こえてきた。

――芹那だ。

必死に息を殺しつつ、全神経を聴覚に集中させる。

突然消えた青児を捜《さが》してか、しばし行きつ戻りつしていた足音は、やがて遠ざかって聞こえなくなった。

「た、助かった」

ほーっと安堵《あんど》の息を吐いた青児は、へなへなとその場に座りこんでしまった。

ここに隠れていれば、まず大丈夫だろう。どこに向かったか知らないが、きっとその内あきらめて――。

(あれ、待てよ)

途端、頭から冷水を浴びせられた気分になった。

先ほど芹那の足音が遠ざかっていった先――その方角には、皓と紅子さんの待つ屋敷があるのでは。

(マズイ！　マズすぎる！)

思えば芹那は、そもそもあの屋敷を訪ねるために、この路地をさまよっていたのではなかったか。それも鞄《かばん》に包丁をしのばせて。

目的はわからないが、思春期のお悩み相談でないことは確かだ。もしかすると今頃、緑のトンネルをくぐって、開け放しの玄関扉から屋敷の中に――。

(早く知らせないと！)

わたわたと黒板塀を乗り越えた青児は、即座にダッシュで駆け出そうとして――そこで尻《しり》ポケットに差したスマホの存在を思い出した。

泣けるほど登録数の少ない電話帳アプリから、屋敷の固定電話に発信する。祈るような気持ちでコール音を聞いていると、やがて〈もしもし〉と紅子さんの声がした。

「あ、あの、包丁女が出て、今そっちに……」

そう唾《つば》を飛ばして叫んだ、その直後だった。

「あれ？　もしかして遠野《とおの》青児さんですか？」

声にならない悲鳴を上げて、ゴトッと青児の手からスマホが落ちた。

振り向くと、そこにいたのは一人の見知らぬ少年だった。しかも、古式ゆかしい少年探偵としか言いようのない風貌だ。

（な、何なんだ、こいつ）

年の頃は、十二、三歳ぐらいだろうか。洋猫に似た吊《つ》り目がちの目は、黒髪に映える蜜《みつ》色だ。半袖《はんそで》の白シャツにサスペンダーつきの吊りズボン。頭にのせたキャスケット帽には、緋牡丹《ひぼたん》のコサージュがあしらわれていた。

逢魔が刻の薄闇に咲いてなお、匂い立つような血の色だ。

「わあ、奇遇ですね！　どうも初めまして！　まさかこんなタイミングで会うなんて、よっぽど運がない人だなあ。ねえ、よく言われません？」

「は、はい？」

面識はない――はずだ。正真正銘の初対面である。なのに少年は、さも顔見知りのような調子で、しきりと青児に話しかけてくる。

面食らって後ずさりした青児に対し、やがて少年は「ふうん」と鼻を鳴らして、

「なんだ、首輪はしてないんですね」

「へ？」

「いや、ちょっと気になって。人間ってどういう風に飼うのかなって……へえ、意外に普通なんだ」

何やらぶつぶつ呟《つぶや》いた少年は、つまんないの、と言いたげに靴先を鳴らした。

と、その時。

「みぃーつけた」

まるで出来の悪い冗談のようだった。

恐る恐る振り向くと、そこに芹那の姿があった。包丁が綺麗なままなのを見ると、良くも悪くも、屋敷に着く前に引き返したようだ。

刃先を振り上げながら、ゆっくりと青児に近づこうとして、

「え？」

びくっと動きが止まった。まるで野生の獣が、より凶暴な捕食者に怯《おび》えるように。その視線の先にいたのは、先ほどの謎の少年だ。

「ど、どうして、なんでここに」

「お久しぶりです、芹那さん。残念ながら、すぐにサヨナラなんですけどね」

囀《さえず》るように告げた少年は、あわれみ半分、蔑《さげす》み半分の目でくすりと笑った。そして、タクトを振る指揮者のように、ついっと芹那に指先を差し向けると、

「あはっ、そんなに怖がらなくても大丈夫ですよ。痛くはしませんから」

そう鬼の貌《かお》で、にぃっと嗤《わら》って――。

ぱちん、と指を鳴らした。

その直後。

糸の切れた繰り人形のように、がくん、と芹那の体が沈みこんだ。

アスファルトの路面に膝《ひざ》をつき、しばらく放心したように動きを止める。と、まるで腹からこぼれる臓物をかき抱くように、上体を二つに折って「ぐうう」とうめいた。

そして。

「おなかすいたおなかすいたおなかすいた」

延々と同じ言葉を繰り返しながら、包丁の刃先でガリガリとアスファルトを引っかき始めた。そうして削り取った砂利をむんずとつかんで、口の中に押しこんでいく。

ジャリ、ガリガリ、ゴリ……ごくん。

「……うっ！」

この世のものとは思えない咀嚼《そしゃく》音に、ぐるっと胃袋の裏返りそうな吐き気がした。

と、ふらりと芹那が立ち上がって、

「あ、そっかあ」

何かに気づいた調子で言うと、左手を下腹部に押し当てた。そして、ゆっくりと円を描くようにさすりながら、

「ごはん、あったぁ」

にたぁ、と唇が半月の形に笑み上がる。直後に包丁の柄を逆手に持ち替えると、なんと刃先を下腹部に突き立てようとした。

（まさか）

これほど素早く頭を働かせたことは、未《いま》だかつてない。

（ごはんっていうのは――）

突然転ばされた時、両手が前に出るのが普通だ。なのに、先ほど芹那は腹部を守るように肩から倒れこんだのだ。まるで腹の中にいる何かを無意識に庇《かば》うようにして。

では、あの包丁が狙った先には――彼女の赤ん坊がいるのではないか。

「ちょちょちょ、ちょっと待った！」

考えるよりも先に体が動いた。すがりつくように芹那の右腕に飛びついて、包丁の柄ごと芹那の手首を押さえこむ。

次の瞬間、顔面に痛みが弾《はじ》けた。青児を振り払うため、闇雲に振り回された包丁の刃先が、左目の眼球にかすったのだ。

脳天まで突き抜ける激痛に、たまらず青児は膝をついた。手の平で瞼《まぶた》を押さえると、ぬるりと生温《なまぬる》い感触がこぼれて落ちる。まごうことなき流血沙汰《ざた》だ。

そして。

「あ、やったあ、こっちの人もおいしそう」

見事に殺意の矛先がこちらを向いてしまった。

南無三《なむさん》、とあきらめがつくなら話は早いが、なます切りは絶対に御免だ。慌てて逃げようとしたものの、失血と痛みであっさり腰が砕けてしまった。

と、その時。

背後から直線の軌跡を描いて飛んできた何かが、芹那の手から包丁を弾き飛ばした。

（く、靴？）

見間違いでなければ、黒革のショートブーツだ。そして芹那が、憤怒の形相で投擲《とうてき》者をにらもうとした、その時。

パン、と。

両手を打ち鳴らす音がして、がくっと芹那の体が沈んだ。気絶したようだ。

「さすがのピッチングコントロールですね、紅子さん」

「恐れ入ります」

まさか、この声は——。

振り向くと、片足立ちの紅子さんを伴った皓少年の姿があった。そして、青児の顔半分が血まみれなのを見て取ると、ほんのわずかに目をみはって、

「おやおや」

……ですよねー。

あまりに予想通りの反応に、青児は口の中で低くうめいた。取り乱すことはないにしろ、せめて驚いて欲しいと思うのは、それほど高望みなのだろうか。

「出血はなかなか酷《ひど》いですが、傷自体は大したことありませんね。とりあえず応急処置をしたので、後ほど病院に——」

と、手早くハンカチで止血をほどこした皓少年の手が不意に止まって、

「……まさか角膜に傷がつきましたか？」

その一瞬、ひやっと冷たいものが声にまじった。

「あーあ、残念、失敗しちゃいました。このまま地獄堕《お》ちすれば、ちょうどいい手土産になると思ったのになあ」

場違いに軽やかな声は、先ほどの少年のものだ。直後、青児の半歩前に進み出た皓が、正面から少年に向き直った。

白牡丹《はくぼたん》と緋牡丹《ひぼたん》——紅白に咲いた二輪の花だ。

「さて、アナタはどこの誰で、この女性は一体誰なんです？」

「えーと、話すとちょっと長くなるんですが、まずこの人は須々木芹那さんです。曾町《そのまち》亨《とおる》って人、覚えてません？」

「十九人目の客人ですね。正確には、元客人ですが」

いわく——罪状は〈殺人〉だそうだ。中学生の頃、いじめの主犯格だった同級生を殺害し、嘘の目撃証言をでっち上げることで、赤の他人に罪をなすりつけたのだ。

そして去年の八月、屋敷に迷いこんだ亨青年は、例によって皓の手でその罪を暴かれ、贖罪《しょくざい》として警察に出頭することになったそうだ。

「めでたしめでたし——だったんですが、一つだけ問題が残りました。それがこの人です。彼女、塾の講師をしていた曾町さんの教え子で、恋人関係にあったらしくて」

謡《うた》うような少年の声に、先ほど芹那から聞いた言葉が思い浮かぶ。

〈塾の先生から、去年の夏頃にそこで悩み相談をしたって聞いて〉

つまり、それこそが曾町亨という人物のことだったのか。

いや、何より気になるのは――まるでこの少年の口ぶりは、皓の〈地獄代行業〉を知っているかのような。

「芹那さんは、中学生の頃から度々自殺未遂をしているそうで、そんな自分の側にいることよりも、たかが殺人ごときで警察に出頭することを選んだ彼が、どうしても許せなかったんですね。それで出会い系アプリで複数の男性と関係して赤ん坊を孕《はら》み、獄中の彼にこう言ったそうです。アナタのしたことを思い知らせるために生む子だって」

何を――言っているのだろう、もう無茶苦茶だ。

理屈も道理もあったものではない。何より、お腹の中にいる赤ん坊からすれば、たまったものではないだろうに。

「それが彼女の一人目の〈復讐《ふくしゅう》〉です。そして二人目がアナタだったんですね。なにせ恋人をそそのかした張本人ですから」

もはや完全な逆恨みだ。

「けれど、それらしい場所を突きとめても、一向に辿《たど》り着けない。呪《まじな》いがかかってますから、当然ですね。だから、そこで僕が声をかけて、こう言ってあげたんです――彼と同じ人殺しになれば、迷わず着けますよって」

ということは、つまり。

路地を迷っていた彼女が、鞄《かばん》に包丁をしのばせていたのは――そして、屋敷の関係者を名乗った青児に襲いかかったのも、もとはこの少年のせいだったのか。

「なるほど、ではアナタは、もともと犯罪者としての素地のあった彼女の背中を押して〈地獄堕ちの罪人〉に仕立て上げ、その上で〈ヒダル神《がみ》〉を憑《つ》かせたわけですね？」

皓の言葉に、え、と青児は瞬《まばた》きをした。

今、なんて言った？

「ヒダル神――だるい、ひだるい、という言葉の通り、山道を行く旅人に憑いて、狂おしいまでの空腹感で責めさいなみ、最悪、命を奪ってしまう妖怪《ようかい》です。昔その場で行き倒れた餓死者の霊という説もある、いわゆる飢餓憑きの一種ですね」

「正解！　僕が芹那さんに憑かせたのは、その妖怪です。ま、途中で邪魔が入って、ちょっと残念でしたけど」

ちら、と舌を出した少年は、さっと頭上のキャスケット帽をとると、芝居がかった仕草で胸に押し当てた。まるでサーカスの座長が観客に拍手を求めるように。

「自己紹介がまだでしたね。緋色《ひいろ》の緋と書いてアカと読みます。魔王・山本五郎左衛門の隠し子で、アナタの弟です。どうぞよろしく」

さすがの皓も愕然《がくぜん》と固まっている。

直後、半ズボンのポケットからさっと何かを取り出した緋少年が、野良犬に餌を与えるように青児に向かって放り投げると、

「せっかくなんで、よかったらどうぞ。まあ、別にその傷がもとで、今すぐ死んでくれ

たってかまいませんけど」

それは、四つ折りになった紙片だった。そして、緋少年の自筆らしき万年筆の字で、

〈遠野青児様へ。七月吉日。貴殿に決闘を――〉

なんと果たし状だ。

「お手合わせ願いたいと思いまして。僕とアナタ、どちらが〈地獄代行業〉の助手に相応《ふさわ》しいか――つまり、さっきのは助手志願としてのプロモーションなんですね」

頭がぐらぐらするのは、果たして出血のせいだろうか。

茫然自失《ぼうぜんじしつ》した青児に対し、くるくる指先でキャスケット帽を回し始めた緋少年は、叩《たた》き潰《つぶ》した蠅でも見るような冷ややかさで、

「ま、比べるまでもなさそうですけどね。いくら何でも、愚図《ぐず》で、腰抜けで、役立たずすぎません？　正直、僕の方が何百倍も有能ですよね」

「しかし青児さんと比べれば、この世のほとんどの人がそうですからねえ」

……せめて悪口は怪我人のいないところでやって欲しい。

渾身《こんしん》のジト目でにらんだ青児をよそに、さらに一歩踏み出した皓は、紅子さんと青児の二人をその小さな背中で庇《かば》うと、

「けれど、たとえ他の誰と比べたところで、僕がアナタを選ぶことはありませんよ」

ぴくっと緋少年の片眉《まゆ》が跳ね上がった。

「あれ、もしかして何か気に障っちゃいました？」

そう言ってキャスケット帽をかぶり直した緋の、その瞳《ひとみ》の奥に、苛立《いらだ》ちの火花が爆《は》ぜるのを見て、青児はぞくりと総毛だった。

緋牡丹よりもなお、禍々《まがまが》しく咲いた癇癪《かんしゃく》の赤だ。

「あは、ごめんなさい。なにせ僕なもので。敵を作るの、大得意なんです」

その瞬間、青児は悟った。

――この少年、間違いなく皓の弟だ。

と、緋に応えた皓が口を開いて、

「さて、いちおう理由を説明しましょうか。この一件において、アナタの犯した失敗は二つです。一つ目は、罪を犯さずにすんだかもしれない人間をわざと罪人に仕立て上げたこと。そして二つ目は、腹の中の赤ん坊の命まで一緒に奪おうとしたこと」

……できれば三つ目に、俺に怪我をさせたことも加えて欲しい。

そう切に願った青児を尻目《しりめ》に、きょとんと瞬きをした緋少年は、やがて「ご冗談を」と言いたげに肩をすくめて、

「曾町亨さんは、結局、獄中で精神を病んで、今は医療刑務所にいるそうです。関われば関わるほど不幸になる――彼女はそういう人なんですよ。じゃあ、赤ん坊は言わずもがな。生まれながらに不幸なら、生まれない方がマシじゃないですか？」

いや、違うだろ、と言おうとしてうめき声になった。

意識が白く濁って、指先が冷たくなっていく。

ずきずきとしつこい痛みの他には、何もわからなくなりそうだ。

「ま、出直します。意外とNG多くて面倒臭いんですね。それじゃあ、また近いうちに会いましょう、お兄さん」

そう言ったきり、緋は姿を消してしまった。

そして、その直後に意識を手放すことになった青児は、「おや、マズイ。すっかり忘れてました」と、ようやく少しばかり慌てた調子の皓の声を聞きながら、心の中でうめいたのだった。

……ですよねー。

＊

夢を見た。花一つ咲くことのない地獄の夢だ。

闇の中に、また闇がある。

いくら辺りを見渡しても、ただ真っ暗で何も見えない。

一体、ここは何なのだろう。歩いても歩いてもどこにも行けないまま、ずっと立ち尽くし続けている気がする。

その時、悪夢に特有の突拍子のなさで、不意に青児は気がついた。

何も見えないのではなく、何もないのではないだろうか。

おそらく今いるこの暗闇は、青児の存在そのものなのだ。空っぽで、虚《うつ》ろで、無価値で、ただひたすらに何もない。

家も、貯金も、仕事も、恋人も——ただ一人きりの友人さえも。

いつまで、いつまで、と。

涯《は》てのない暗闇から声が聞こえる。もしかすると、青児が気づかなかっただけで、この場所でずっと鳴き続けていたのかもしれない。

嗤《わら》っているのか。

罵《のの し》っているのか。

——呼んでいるのか。

思わず、ふらりと声のする方に歩き出そうとした、その時だった。

ひらり、と白い影が視界を横切って。

——蝶《ちょう》だ、と。

のばしたその手は、地獄に堕《お》ちた罪人が、蜘蛛《く も》の糸にすがるようで。

なぜか指先が誰かの温《ぬく》もりに触れた気がして、不意に青児は泣きたくなった。

＊

目覚めてからも、視界は暗闇のままだった。

ぱちぱちと数回瞬きをして、ようやく見慣れた天井に焦点があった。

（……あれ？）

と、不意にひょっこり皓の顔が現れて、

「おや、目が覚めたみたいですね」

頭上から聞こえたその声で、ようやく青児は自分の置かれた状況に気がついた。どうも自室のベッドに寝かされているらしい。

あの後。

紅子さんに担ぎ上げられ、路上駐車中のローバーミニに運ばれたところまでは朧《おぼろ》げに覚えているが、完全に失神したのか、その後の記憶は曖昧《あいまい》だった。

滞りなく治療は終わったらしく、今、左目にはきちんと眼帯が当てられている。痛みもだいぶ和らいだようで、青児はほっと息を吐いた。

「ええと、すみません、今、何時ですか？」

「夜の九時ですね。ついさっきまで紅子さんが付き添ってたんですが、明日《あした》の家事もあるので僕が代わりました」

なるほど。いささか大げさな看病ぶりだが、正直に言ってありがたい限りだ。命にかかわる大怪我というわけではないが、それでも体感的にはそこそこの重傷である。

血が足りていないのか、指先は冷たいままだ。なのに全身はじっとりと汗ばんで、額に前髪が張りついている。いつも以上に頭がぼんやりしているのは、おそらく発熱のせいだろう。

そして、何より――。

「ずいぶん長い間うなされてましたが、まだ痛みますか？」

「はあ、まだ少し」

夢のせい――とは、とても打ち明けられなかった。

それに未《ま》だ痛みが残っているのは確かなのだ。ゴミが入りこんだ時のような、ゴロゴロした異物感としつこい鈍痛が、鬱陶《うっとう》しいことこの上ない。

「痛みがつらいなら麻酔の目薬をさしましょうか。それから着替えをして、ああ、もしも食欲があるなら、何か食べた方がいいですね」

言いながら水入りのグラスを手渡された。

見ると、枕元のサイドテーブルに、紅子さんの用意したらしい水差しが置かれている。

至れり尽くせりとはこのことだ。

「どうも、助かります」

冷たい水が喉《のど》に落ちると、火照《ほて》った体がたちまち冷えて、生き返った心地がした。

考えてみると、包丁の当たり所が悪ければ、すでに死んでいた可能性もあるのだ。それでも、どこかの誰かさんは〈おやおや〉の一言で片づけるのかもしれないが。

「……俺が死んだって、どうせ皓さんは三日で忘れるんですよね」

「目薬の副作用に被害妄想ってありましたっけねえ」

本気で困惑した声で皓が言った。まあ、確かに怪我のせいで多少ネガティブになっている自覚はあるが。

「さて、わざわざ紅子さんを呼ぶのもなんですし、林檎《りんご》でも剝《む》きましょうか」

サイドテーブルの奥に、平皿にのった小ぶりの林檎の姿があって、折り畳み式のフルーツナイフが添えられている。

「え、皓さんって皮むきできるんですか？」

「ええ、台所仕事は紅子さんに任せきりですけどね。林檎はウサギでいいですか？」

「……リスでお願いします」

「今日の青児さんはチベットスナギツネに似ていますねえ」

ささやかな嫌がらせは、コンマゼロ秒で返り討ちにされてしまった。

するすると危なげない手つきで皮を剝き終えた皓は、切り分けた一片にひょいっとフォークを突き刺しながら、

「何にせよ、早くよくなって欲しいものですね」

「え、そうですか？」

「そりゃあ、青児さんがいないとつまりませんから」

不覚にもほろりときてしまった。こんな時、人は詐欺に引っかかるのかもしれない。

「いただきます」

皿ごと受け取って、紅白のウサギたちを順にフォークで突き刺していく。熱のせいか

二口で食欲を失ったものの、持ち前の食い意地を発揮して、どうにか半分ほど胃袋におさめたところで、

「ええと、あの後、芹那さんはどうなったんですか？」

「どうにもならない——というのが、正直なところですね。とりあえず、この屋敷にまつわる記憶は忘れてもらいました。けれど、それ以外の事柄については、僕たちの関知すべきことじゃありません」

それは、確かにそうなのだろう。

冷たいように聞こえるが、確かにそれ以上は彼女自身の問題だ。

けれど——と思わず考えこんでしまった青児に、皓もまた物思いに沈んだ顔をして、

「……生成《なまなり》、のような人でしたね」

「え？」

能面のことですよ、と皓が続けた。

「情に狂った女が鬼となったのを般若《はんにゃ》とするなら、生成というのはその一歩手前を表したものなんです。人でなしであって鬼ではない。言わば〈なりかけ〉の状態ですね」

「はあ、なるほど。けど、俺には鬼婆《おにばば》みたいに見えましたけど」

「ふふ、そうですね。けれど鬼というのは、もっと——」

そこで皓の言葉が途切れた。

しばらくの間、何事か考えるように沈黙すると、

「ところで、あの緋という子供のことですが」

「あ！　あのクソガキ……もとい緋っていうのは、本当に皓さんの弟なんですか？」

自称・山本五郎左衛門の隠し子だそうだが。

「さて、どうでしょうね。ヒダル神を使役していましたから、僕と同じ魔王の血族か、それに類する者だとは思います。しかし、弟となると――」

そこで言葉を切った皓は、何かをあきらめるように首を振って、

「何にせよ、しかるべき人物に報《しら》せましたので、近いうちに便りが届くと思いますよ、嫌でもね」

あまり心証のよくない相手のようだ。いや、それよりもまず訊《き》くべきことは――。

「この左目は、元通りに治るんでしょうか？」

出し抜けに青児が訊《たず》ねると、かすかに皓が息を呑《の》んだのがわかった。

「しばらくの間、抗生物質の点眼と薬の内服が必要になると思います。おそらく傷跡の方は、半月も経たずに跡形もなくなるでしょう。けれど――」

そこで皓は一度言葉を切って、

「ある程度以上の視力低下は、覚悟しておいた方がいいかもしれません」

ああ、誤魔化したな、と青児は思った。

もしかすると皓なりに気遣って、あえて触れずにいてくれるのかもしれない。

――いつまで、いつまで、と。

そう繰り返す怪鳥の声が、耳の奥によみがえる。ひどく耳障りなその声は、もしかすると青児自身の独白なのかもしれない。

一体自分は、いつまでこの場所にいられるのだろう？

もしも左目を失明――もしくは、それに近い状態になれば、失うのは視力だけではない。皓が青児を助手にした理由が照魔鏡の力にある以上、いずれこの屋敷を追い出されるのは必至だ。

まさか肩代わりしてもらった借金三千万円の一括返済を求められはしないと思うが、それもまた皓の胸一つだ。たとえ分割払いが認められたところで、行き着く先は臓器の叩《たた》き売りセールである。

（この先、一体どうしたものかな）

とっくの昔にアパートは解約され、基本的に実家とは没交渉だ。

この前、久しぶりに電話してみたら「うちの息子は死にました」とガチャ切りされてしまった。オレオレ詐欺と間違われたのだと思うが、元より一度夜逃げしている時点で、すでに半失踪《しっそう》人のようなものだろう。

帰る場所など、もうこの世のどこにもないのだ。

（それにしても）

我ながら現金なものだ。つい数ヶ月前まで、この仕事から逃げ出したいと、そればかり考えていたはずなのに。この厄介な左目が〈普通〉に戻って、晴れてお役御免となるのなら、本来これほど嬉《うれ》しいことはないのだ。

──そのはずなのに。

「ところで青児さんは、どうしてあの時、赤ん坊を助けようとしたんですか？」

「え？」

どうやら芹那と揉《も》み合いになった時のことのようだ。

「青児さん一人で立ち向かうのは、カタツムリが陸上競技でオリンピック選手になるようなものでしょう。最悪、命を失う危険があると、嫌でもわかったはずなんですが」

……せめてミドリガメに格上げして欲しい。

「ええと、なんて言ったらいいか、その、俺と赤ん坊なら、赤ん坊だと思ったんです」

結局のところ、生きるべきはどちらか、という話なのだ。

かと言って、別に捨て鉢になっているわけでも、自暴自棄なわけでもない。ただ、そういうものだ、と自覚しているだけなのだ。

何一つまともにできないまま、この年になるまで生きてしまった。

逆上がり、掛け算、水泳、対人コミュニケーション、受験、就職活動──人生の節目節目で乗り越えるべきハードルを見て見ぬフリでやり過ごして、パンクした自転車を漕《こ》ぎ続けるように、騙《だま》し騙し生きてきたのだ。

もしも命の価値を量る天秤《てんびん》があるなら、他の誰と比べたところで、決して青児に傾くことはないだろう。

それに。

「あの緋って子は〈生まれない方がマシ〉とか言ってましたけど、どうしてもそうは思えないんです」

もしかするとそれは、青児自身に向けた言葉だったのかもしれない。

罵《のの》られて詰《なじ》られて貶《けな》されて叱られて――そうして耳を塞《ふさ》いで逃げ出して。

思えば、そんなことばかりの人生だった。それでも、生まれなければよかったと思ったことだけは、実は一度もないのだから。

そして、何より――。

「あの子が、本当に不幸になるかどうかは、まだわからないんじゃないでしょうか」

思えば、青児に突き飛ばされたあの時、芹那は確かにお腹の赤ん坊を庇《かば》ったのだ。

たとえそれが本能からくる無意識の行動だったとしても、そこから愛情が生まれる余地はあるのではないか。

良くも悪くも、先のことはわからない。

けれど、まだ何もわからないからこそ、きっと生まれる意味はあるのだ。

「やっぱり、青児さんは青児さんですねえ」

ふう、と一つ息を吐いて皓は言った。

そうして、栞《しおり》のはさまった読みさしの文庫本を開きながら、

「けれど、もしも別の誰かだったら、僕は今ここにいないと思いますよ」

どういう意味か訊ねようとして、ふと気がついた。

難しげなタイトルに見覚えがある。おそらくカキ氷パーティの直前まで読んでいたものだろう。しかし中ほどにあった栞の位置が、後ろの方に移動している。

（ひょっとして）

目覚めた直後、皓は〈ついさっき〉紅子さんと付き添いを交代したと言っていた。

けれど、そのすぐ後で。

〈ずいぶん長い間うなされてましたが、まだ痛みますか？〉

――ああ、そうか。

もしも青児が暗闇をさまよっている間、ずっと側にいてくれたのなら――あの白い蝶《ちょう》は、ひょっとすると皓だったのかもしれない。

第二怪　鬼《おに》

――どうも変だ。

もう何度目になるかわからない呟《つぶや》きを胸の内でこぼしつつ、青児は食後のほうじ茶をすすった。ちなみに本日の朝食は、桜海老《さくらえび》入り大根餅《もち》をメインにすえた和食メニューで、たかが大根の分際で、としみじみ感じ入ってしまう旨《うま》さである。

そして今、視線の先には皓がいた。

締《し》めのデザートとして出された桃の器を前に、片手にフォークを握ったまま、ぼんやりと視線をさまよわせている。もしも横からこっそり醤油《しょうゆ》を垂らしても、気づかず食べてしまうのではないか。

(ここ最近、ずっとこんな調子なんだよな)

あれから一週間。

結局、青児が失明の憂き目を見ることはなかった。

初めの頃は、日に五回の点眼とガーゼの交換が必要だったものの、徐々に痛みも引いていき、今では左瞼《まぶた》にかさぶたを残すのみとなっている。

多少、視力に影響はあるようだが、もともと両目とも一・五なので大した支障もない。ひょっとすると照魔鏡の力に悪影響が出ている可能性もあるが、今のところ神のみぞ知る話である。

よって、何もかもが元通り、悠々自適の居候ライフ再開かと思いきや、

（たぶん原因はあの手紙だよな）

一週間前、皓が自称・山本五郎左衛門の隠し子である緋少年について〈しかるべき人物〉に問い合わせた結果、早くも翌日には返事があった。届いたのは、セピア調に変色したモノクロ写真が一枚。そして、それを目にした瞬間から皓の様子がおかしいのだ。

一体、何の写真だったのか、青児には知るよしもない。けれど、あれから何をしても上の空で、まるで心の半分をどこかに置き忘れてしまった感じだ。

ずっと何か一つのことを考え続けているかのような。

――悩み事でもあるんですか？

そう訊《たず》ねたいのは山々だが、おそらく原因が緋少年にある以上、事は魔王とそのご子息のお家騒動なのだ。果たして、たかが居候の分際で青児が首を突っこんでいいものだろうか。

かと言って、無視を決めこむのも無理な話で、これでは病気になった飼い主の周りをウロウロする馬鹿犬と同じである。

（そうだ、紅子さんなら、何か知ってるんじゃ）

はたと思い当たったその時、ちょうど紅子さんが書斎に入って来た。見ると、一通の封書を握っている。ごくありふれた白封筒だ。

「どうぞ、本日分の郵便です」

「おや、珍しいですね、ご苦労様です」

聞くところによると、この屋敷に宛てた郵便物は、すべて郵便局留めになっていて、紅子さんが毎日回収しているらしい。まったくもって頭の下がる働きぶりだ。

「あの、紅子さん、ちょっと後で相談が――」

そう青児が声をかけようとした、その時。

「どうされたんですか、皓様？」

紅子さんには珍しく、驚きのこもった声だった。つられて振り向いた青児は、思わずぎょっと固まってしまった。

ただでさえ白い皓の顔が、さらに血の気を失って、まるで死人同然だ。

「ど、どうしたんですか、一体」

慌てて訊ねた青児の目に、ふとある物が飛びこんできた。

皓の手に、先ほど紅子さんの手渡した封筒が握られている。この中身が原因なのか。

「あ」

ひらっと中から便箋《びんせん》が一枚落ちる。

すかさずキャッチして開くと、万年筆のものらしき文字が現れた。


予告しましょう。

八月十九日、ホテル・イゾラ・ベッラで起こるのはバラバラ事件です。この天国よりもなお美しい地獄が一夜で終わりを告げることを約束します。どうぞ観客としてお越しください。

意味不明のメッセージだった。

なのに、なぜだろう。ぞっと背筋に寒気を感じる。

「あの、これって」

何ですか、と訊ねようとして、青児はふと違和感に襲われた。

皓の目は、青児の手にした便箋ではなく、封筒の方に注がれている。

こっそり横から盗み見ると、中の手紙と同じ万年筆の字で、長崎県から始まる住所があった。よく見ると〈県〉の字が〈縣〉になっていたりと、全体的にレトロな感じだ。

末尾の地名は、吉鷗島《きおうとう》。そして、ホテル・イゾラ・ベッラとある。

差出人の名は——絢辻璃子《あやつじりこ》。

「おそらく依頼状ですね。挑戦状なのかもしれませんが」

かすれたその声は、青児に応《こた》えての言葉のようだった。

そして。

眼差《まなざ》しを上げた皓少年に、先ほどまでの動揺はなかった。目の錯覚かと疑うほどの、白牡丹《はくぼたん》の咲くような笑みを浮かべて、

「それでは、青児さん。はるばる九州《きゅうしゅう》まで、地獄堕としに行きましょうか」

——こうして、来たる八月十九日。

青児と皓の二人は、長崎へと旅立つことになったのだった。

＊

さて。

もしも皓少年に似合わない季節は何かと訊《き》かれたら、青児は〈夏だ〉と答えるだろう。むしろ、これほど夏空や入道雲やヒマワリ畑の似合わない御仁も珍しいほどだ。

そして今。

長崎空港の展望デッキにて。白い入道雲のわいた夏空の下、青児の購入した観光ガイドをめくっている皓の姿は、もはや出来の悪い合成写真にしか見えなかった。

外国人観光客のグループから「ワオ、キモノ！」「ソークール！」といった歓声と一緒にスマホのシャッター音が聞こえてくるので、交渉すれば撮影料ぐらいとれそうだ。

八月十九日。

まだ夜の明けきらない午前五時。

紅子さんから二人分のスーツケースを渡された青児は、当然のように手ぶらの皓につき従って、ねぼけ眼《まなこ》のまま羽田《はねだ》空港に向かった。

もしも青児の一人旅であれば、夜行バスや青春18きっぷを駆使しての、片道二十時間の強行軍となっただろう。しかし今回は皓少年同伴なので、当然のように片道二時間足らずの空の旅となった。人も魔族も、やはり持つべきものは財力である。

遅めの朝食は、乗り継ぎ時間を使って空港内でとることになった。

海老やイカがこれでもかと満載された長崎ちゃんぽんは、具材の旨味《うまみ》の溶け出したスープがもちもちの太麵《ふとめん》と絡み合って、もはやエンドレスですすりたくなる一皿である。

「これだけ旨いと、紅子さんにも食べさせてあげたかったですね」

「後で冷凍のものを買って宅配で送りましょうか。長崎カステラもよさそうですね」

思わず呟きをこぼした青児に、皓もしんみりと頷《うなず》いていた。

当然のように同行するものと思っていた紅子さんは、外せない用事があるとのことで、あえなく別行動と相成《あいな》った。

〈どうか、くれぐれも無茶しないでくださいね〉

別れ際、そんな風に皓が念押ししていたので、何か特別な用を仰《おお》せつかったのかもしれない。しかし、何と言っても紅子さんなので、たいていは朝飯前だろう。

「さて、これから乗り継ぎ便で五島福江《ごとうふくえ》空港に向かいます。そこから先は海上タクシーでの移動になりますね」

「はあ、それにしても、ずいぶん辺鄙《へんぴ》な場所なんですね」

目指す先は、五島列島の福江島——長崎県の西に位置する離島から、さらに十五キロメートル沖合に位置する吉鷗島だ。実に片道五十分ほどの船旅である。

かくなる上は覚悟を決めるより他にない。離島到着後、気休めにペパーミント味のガムを購入。もちろん酔い止め薬を服用しての、万全を期しての乗船だったわけだが——。

ほどなくして船上に一匹のマーライオンが誕生した。

「石膏《せっこう》で顔を固めたら、そのまま噴水になれそうですね」

「……そこで見物するつもりなら見物料ください」

漁師の家に生まれながら、船酔いを克服できずに早二十三年。その吐きっぷりたるや、もはや名人の域だ。かくして船べりで腹這《はらば》いになり、にゅっと頭を海に突き出した独自開発スタイルを披露すること、かれこれ三十分。

いつもよりお高めの酔い止め薬が功を奏したのか、なんとか下船十分前には二足歩行に戻ることができた。

「せ、生還しました」

「おや、お帰りなさい。惚《ほ》れ惚《ぼ》れするくらいの吐きっぷりでしたねえ」

よしよし、と頭を撫《な》でられつつ、皓と並んで後部甲板の手すりを握る。

さんさんと降り注ぐ陽射しの中、白い波を立てて船は進み、空の高いところで海鳥が鳴いている。まさにサマーリゾート感満載のロケーションだ。

「青児さんは、確か港町の出身ですよね。やはり海は懐かしいものですか?」

「はあ、まあ、実のところ全然」

船や海やプールと言えば、面白半分に突き落とされた記憶がほとんどなので、よみがえるのは水が鼻に入った時の痛みばかりだ。果たして、面白半分の残り半分は何なのだろうか。殺意か。

「そう言えば、住所に吉鷗島ってありましたけど、ホテル・イゾラ・ベッラっていうのは、つまりリゾートホテルなんですか？」

「正確には元ホテルですね。昔は無人島だったそうですが、今は国内最小の有人島の一つでして——」

そもそもホテル・イゾラ・ベッラは、完全会員制の高級ホテルだったそうだ。

さかのぼることとバブル絶頂期、岩場だらけの無人島だった吉鷗島を、実に三百億円もの巨額投資によってリゾート開発したものらしい。

開業当初は、新聞やテレビで大々的に報じられたものの、バブルの崩壊と共に経営が悪化、もともとの交通の不便さが災いした上に、ボイラー事故などの不運が重なって、驚くほど短命な幕引きとなってしまった。

「その後しばらく廃墟《はいきょ》化していたようですが、マニアの間では〈世界で最も美しい廃墟島〉と絶賛されていたようですね。映画のロケ地にもなったそうですよ」

「はあ、物好きもいるもんですね」

「ふふ、元々〈イゾラ・ベッラ〉は、イタリア語で〈美しい島〉を意味しますからね」

聞くと。

北スイスと国境を接するイタリア湖水地方——その景勝地として知られるマッジョーレ湖に、大貴族ボッロメオ家の領有する〈ベッラ島〉があるそうだ。

ホテル・イゾラ・ベッラは、そのベッラ島をモデルに建造されたものらしい。正確には、バロック建築の傑作と名高いボッロメオ宮殿とピラミッド型のイタリア式バロック庭園だ。

「あちらも、昔は岩場だらけの小島だったそうです。そこにボッロメオ伯爵カルロ三世が、妻イザベラに捧《ささ》げるための水上の楽園を造り上げたんですね」

愛妻家ぶりもここまでくれば立派な偉業である。

「ボッロメオ伯爵家は、マリオネットの蒐集《しゅうしゅう》家としても知られています。奇《く》しくも、ホテル・イゾラ・ベッラを買い取った人物もまた、著名な人形作家だったんです」

——絢辻幸次《こうじ》。

例の手紙の差出人である絢辻璃子さんの父親だ。

もともと資産家の次男坊だった幸次氏は、今から二十年前、自宅兼アトリエとしてホテル・イゾラ・ベッラを購入。二年に及ぶ改修工事の末、当時二歳だった一人娘の璃子さんと元バレエダンサーだという妻の玻璃《はり》さんと共に、親子三人で移り住んだのだ。

「正式な肩書は〈人形作家〉ですが、本人は〈生き人形師〉と自称していたようです」

「ええと、生き人形っていうと?」

「幕末から明治にかけて、難波《なんば》や浅草《あさくさ》で人気を博した見世物興行のことですよ。文字通り生きているかのごとく、本物の人間そっくりに造った人形たちで、巷《ちまた》で話題の殺人事件や芝居の一幕を再現するんです」

つまり超リアルな等身大フィギュアなのだろうか。

「しかし当時は、芸術性の低い〈ゲテモノ趣味〉と見なされ、近代化と共に廃れてしまったんですね。一方、幸次さんの作品は〈人の本質に迫る超写実主義〉として国際的評価を得ているそうですから、隔世の感がありますねえ」

実にしみじみと皓少年がコメントした。

もともと好事家たちの間では、知る人ぞ知る鬼才として注目を集めていた幸次氏だったが、その名声を一息に押し上げたのは、とある前衛劇の舞台だったそうだ。

江戸川乱歩《えどがわらんぽ》のエッセイから着想をえたその劇は、主役そっくりの生き人形を双子の片割れとして登場させることで、完全な一人二役の〈独演〉を成功させたのだ。

観客の中には、舞台上の二人を本物の双子だと勘違いする者もいたらしい。

〈私自身も、しばしば役者と人形の区別がつかなくなる瞬間がありました。あの人形は、確かに生きた人間以上に人間だったんです〉

立役者の演出家をしてそう言わしめた幸次氏の作品は、現在一体につき五千万円という驚きの高値で取引されているそうだ。というのも――。

「ホテル・イゾラ・ベッラに移住した当初は、連日のように著名な文化人を島に招いて一種の芸術サロンを開いていたようです。しかし四十歳の頃、突然引退を宣言してしまうんですね――〈私の最高傑作は、愛娘の璃子ただ一人であり、他はすべてまがいものの駄作に過ぎない〉と言って」

「……そんな馬鹿な」

「ええ、初めは周りも半信半疑だったようです。しかし驚いたことに幸次氏は、手元に残っていた作品すべてを破壊して、それきり引退してしまったんですね」

まさかの有言実行である。

しかし、元来社交好きだった幸次氏は、引退後もホテル・イゾラ・ベッラをサロンとして開放し、それから二年間、芸術家や蒐集家たちの聖地として、海上の楽園と讃《たた》えられ続けたそうなのだが――。

「今から十年前、ホテル・イゾラ・ベッラは突然の不幸に見舞われます。幸次氏の妻である玻璃さんが、邸内の階段から転落して死亡してしまったんですね」

しかも、悲劇はそれで終わらなかったのだ。

「運悪く現場を目撃した璃子さんが、そのショックで精神を病んでしまったんです。噂によると、十年経った今なお、病状は当時のままだとか」

「なんと言うか、その……悲惨すぎますね」

まさに悲劇としか言いようがない。幸次氏の精神的ショックは相当なものだろう。

「ええ、がらっと人柄が変わってしまったそうです。芸術仲間との交流を絶ち、やがては嫌人症を患って、特に二年前に使用人のほとんどを解雇してからは、頑なに素顔を隠すようになったとか……ふふふ、まさにいわく満載ですね」

はて、気のせいだろうか。どうも声のトーンが急速に怪談めいてきたような。

「実は、ここまでが前置きなんですね。ホテル・イゾラ・ベッラには、玻璃さんの事故に端を発した、ある怪談があって」

「いえ、あの、もう結構です」

「さて、事の起こりは、事故から半年前に――」

あっさり拒否権を剝奪《はくだつ》された青児が、うっそり皓をにらんでいると、

「おや、残念ですが、続きはまた今度にしましょうか」

「へ？」

「着いたようですよ」

すいっと皓の人差し指が持ち上がる。

その先を目で追った青児は、思わず「あ」と声を上げた。

いつの間にか目的の島まで数百メートルの距離に迫っていた。円《まる》い石板の形をした小島は、その面積の大部分をホテル・イゾラ・ベッラに占められている。

いや、違う。もはや島そのものが一つの巨大なホテルなのだ。一見すると、エメラルドグリーンの海に浮かぶヨーロッパの城館だ。

「す、すごいですね」

「ふふ、後は夜に嵐が来れば、舞台として完璧《かんぺき》ですね」

……まさかまだホラー方面に引っ張る気か。

けれど。

頭上の空には雲一つなく、陽射しは強さを増していくばかりだ。このところ好天続きでもあるし、さすがに嵐の到来までは望み薄だろう。

やがて数十メートルの距離まで迫った船は、白い水脈《みお》で海面にカーブを描きながら、切り立った断崖《だんがい》に沿って島を半周していった。最後に、波の浸蝕《しんしょく》によってできたらしい小さな入り江に進入する。

細い桟橋がのびる船着き場には、杭《くい》にカモメがとまっていた。その脇をすり抜け、水の上を滑るように船が係留される。

えっちらおっちら二人分の荷物を運んでタラップを降りると、一仕事終えた海上タクシーは、すぐさま福江島に引き返していった。

「おや、出迎えのようですね」

「え、そんなまさか連絡もしてないのに」

そのまさかだった。

白い岩を削ってできたアプローチを下りて、一人の男性が現れる。執事然とした初老の紳士だ。もしやハーフかクオーターなのか、すっと鼻筋の通った顔は、瞳《ひとみ》がわずかに灰色がかっている。白髪まじりの髪も一見すると銀髪のようだ。

「失礼ですが、この島は私有地です。無断での立ち入りや撮影はお断りしています。こちらで船を呼びますので、お引き取り願えませんでしょうか」

柔らかな口ぶりだが、ずばり〈帰れ〉と言われたようだ。察するに、元人気スポットだけあって、無断で押しかける廃墟マニアが後を絶たないのだろう。

　と、おもむろに一歩進み出た皓が、ぺこりとお辞儀をして、

「突然、お邪魔して申し訳ありません。西條皓と申します。都内で悩み相談所のようなものを開いている者ですが、先日、こちらにお住いの璃子さんから、郵送で依頼状を頂きまして」

「依頼状……ですか？　お嬢様が？」

「ええ、八月十九日、こちらの住所まで来るようにと。電話番号もわからず、押しかける形になってしまって申し訳ありません」

　確かに何一つ嘘を吐いていないのが恐ろしいところだ。

「璃子さんにお目にかかることはできませんか？」

　重ねて訊《たず》ねると、考えこむような沈黙が返ってきた。

　そして。

「込み入ったお話のようですので、中でうかがいましょう。どうぞこちらへ」

　どうやら第一関門は突破したようだ。こっそり皓とハイタッチを交わすと、先に立って歩き出した老紳士を追って、白い階段状のアプローチを上る。

　そして。

「おお、すごい！」

　玄関扉をくぐった途端、思わず歓声を上げてしまった。

現れたのは、高く吹き抜けになった玄関ホールだ。美しい幾何学模様を描くモザイクタイルの床。そして、半球形の天井やそれを支える列柱も、すべてが息を呑《の》むほど透明感のあるペールブルーだった。二階部分にはぐるりと回廊が巡らされ、正面の大階段で合流している。

上下に並んだ窓から差しこむ光。そして、繊細な白い紋様――皓によるとスタッコ装飾というらしい――が、その美しさを幻想の域にまで高めている。まさに空間そのものが一つの芸術作品だ。

「なるほど、ボッロメオ宮殿の大広間がモデルのようですね。本来は、音楽会や舞踏会のための場所なんですよ」

「はあ、確かにそんな感じが……あれ、あの扉は？」

青児が指したのは、回廊の一角だった。等間隔に並んだ白い扉の中に、一枚だけ黒く塗られたものがまじっている。

「おや、よく気づきましたね。別館に通じる扉ですよ。ホテル時代の名残で、客室を集めた別棟があるんですね。ちなみに本館は、家人の居住スペースだとか」

「なるほど。それにしても、よく調べてありますね」

「ふふふ、紅子さんさまさまです」

こそこそ言い交わす二人を背に、やがて老紳士は玄関ホールを右に曲がった。翼部のつけ根にあたる扉を開くと、現れたのは応接間のようだった。

正面奥に暖炉があって、手前に二脚の肘掛椅子《ひじかけいす》。それから象嵌《ぞうがん》細工のテーブルをはさんで、赤ビロードの寝椅子が向かい合わせで鎮座している。

しばらくして。

「ご挨拶《あいさつ》が遅れて申し訳ありません。霜邑潤一郎《しもむらじゅんいちろう》と申します。この島の所有者である幸次様のもとで、身の回りのお世話をしております」

と自己紹介した老紳士の手で、二人分のオレンジジュースがふるまわれた。

どうやらミキサーでの手作りらしく、細かく砕いた氷が瑞々《みずみず》しい果汁とまざって、半ばシャーベット状になっている。正直、おかわり必至だ。

「美味《おい》しいです、ありがとうございます！」

「お口にあったなら何よりです」

ふわりと笑った霜邑さんに、不思議なほど親しみを感じた。初対面で他人に安心感を与えてしまうタイプのようだ。

と、青児の方を向いた灰色の目が、ふと瞬《まばた》きをして、

「ところで、こちらの方は？」

皓の口から答えが返って来るまで、しばらく間があった。

「助手の、遠野青児さんです」

……どうも肩書を思い出せなかったらしい。

「悩み相談とのことですが、要は有償のカウンセリングなんでしょうか？」

「いえ、あくまで無償ですね。公共サービスの委託業務に近いかと。僕自身、ほとんどボランティアで働いています」

業務委託元は、地獄の閻魔大王《えんまだいおう》だが。

「ところで霜邑さんは、こちらに勤めて長いんですか？　使用人の方々を束ねる立場に見受けますが」

「いいえ、使用人は私一人ですね。かれこれ八年ほど、ずっと住みこみで」

「え、まさか、こんなに広いお屋敷なのに！」

思わず横から言った青児に、霜邑さんは、ふふ、と優しげに笑って、

「そうですね。確かに基本は私一人ですが、今日のように泊りがけのお客様がいらしている時は、臨時でアルバイトを雇っておりますし――」

「おや、もしかして幸次さんのご親戚《しんせき》がいらしてるんですか？」

何気なく訊ねた皓に、はっと霜邑さんが口をつぐんだ。しゃべり過ぎたと思ったのか、小さく咳払《せきばら》いして居住まいを正すと、

「よろしければ、お嬢様からの依頼状を拝見しても？」

「ええ、どうぞ。ただ、相談内容に関しては守秘義務がありますので」

断りを入れつつ、外側の封筒だけを手渡した。ためつすがめつ眺めた霜邑さんは、やがて小さく首を振って皓に返すと、

「失礼ですが、お嬢様の手によるものではないと思います。しかし消印は、確かにこの

地域のものです。わざわざ都内からお越しになったとのことで、差出人の真意はわかりかねますが、おそらく悪質なイタズラではないかと」

声には同情の響きがあった。

確かに、偽物の依頼状一通ではるばる九州まで飛んで来たとあっては、よほどの馬鹿以外の何者でもない。

「念のため、璃子さんにお会いして確認しても？」

「……残念ながら、それは難しいと思います」

「おや、どうしてです？」

ことりと首を傾げた皓に、霜邑さんは灰色がかった瞳を伏せると、

「お嬢様は、お母様を事故で亡くされたショックで、もう十年もの間、解離性昏迷《こんめい》の状態にあります」

「か、かいり？」

突然の専門用語に、思わず青児は声を裏返らせてしまった。

すると、

「精神的に耐え難いショックを受けた時に生じる解離性障害の一種ですね。たとえば殺人や事故、災害に巻きこまれてしまった人が、そのショックから精神を守るために一時的に意識を現実から切り離してしまうんですよ」

例によって、小声で皓から注釈が入った。

「中でも昏迷は、周りの呼びかけはもちろん、光や音などの外的刺激にも一切反応しない状態を指します。もちろん話すことも、体を動かすこともできません」

それは――まるで生き人形そのものではないか。

「なるほど、璃子さんの容体はよくわかりました」

と頷《うなず》いた皓が、再び霜邑さんに向き直って、

「璃子さんの主治医は、今本土の方に？」

「いえ、ここに――私です」

なんと。

「こちらに来るまでは、精神科医として都内でクリニックを開業しておりました。今はお二人の主治医として、身の回りのお世話を任されております」

意外だ。生まれながらの執事にしか見えない霜邑さんだが、では正式な肩書は医師になるのか。

「残念ながら、主治医としてお二人との面会は許可いたしかねます」

「ええ、わかりました。お騒がせして申し訳ありません」

意外にも、皓はあっさり引き下がることに決めたようだ。

と、霜邑さんは、ほっとしたように息を吐いて、

「では、急いで帰りの船を呼びますので、こちらでお待ちください」

言うが早いか一礼して退室してしまった。さて、ここで追い返されてしまえば、完全

な無駄足なのだが――。

と、皓の手がくいっと青児の上着を引っ張って、

「さて、青児さん、お手洗いを借りに行きましょうか」

「え、俺もですか？」

「ええ、二人で探した方が見つけやすいですしね、お手洗いも、璃子さんも」

なるほど、つまりトイレ探しの名目で家探しするわけか。

合点承知と立ち上がる。そうして二人でホテル・イゾラ・ベッラの探索に乗り出したのだった。

＊

ひとまず玄関ホールに戻った二人は、大階段を上って二階に向かった。手すりに渦のような彫刻のほどこされた大階段は、見惚れるほどの美しさで――どこか歪《いびつ》だ。

「バロック様式はポルトガル語で〈歪《ゆが》な真珠〉を意味する barroco が語源ですからね。曲線を多用しているせいか、どこか歪んだ印象は否めませんね」

そう言って階段を上る皓に、青児もまた半歩後ろに続きながら、

「あの、中の手紙も、霜邑さんに見せた方がよくないですか？」

「おや、どうしてです？」

「消印がこの辺りってことは、差出人はこの島の関係者かもしれないですよね。霜邑さんなら誰かわかるんじゃ」

「よく気づきましたねえ、青児さんなのに」

本気で感心した声だった。初めてフリスビーをキャッチした愛犬にする反応だ。

「けれど僕は、あまり霜邑さんを信用しない方がいいと思います」

「え、なんでですか？」

「少し表情に引っかかるところがありまして。それに僕は、差出人が璃子さん本人である可能性も捨てきれないと考えています」

「え？　けど、璃子さんは今もまだ」

「さて、どうでしょう。もしかすると、とっくに正気を取り戻していて、周りの目を欺《あざむ》くために生き人形の真似をしているのかもしれません」

「け、けど、何のために」

「さあ、わかりません。けれど、もしも命の危険にさらされかねない事情があるなら、この島にいる限り逃げ場がないのは確かですね」

天国よりもなお美しい地獄――という手紙の一節が思い浮かぶ。

隅々まで所有者の美意識に支配されたこの場所は、言わば島そのものが一つの芸術作品であり、逃げ場のない牢獄《ろうごく》なのだろうか。

(本当に、今夜この島で何かが起こるとしたら)

実のところ青児としては、例の手紙が本当に〈依頼状〉なのか、それすら半信半疑だったのだが、予想以上に事態が切迫しているのかもしれない。なら手紙にあった〈バラバラ事件〉というのは——。

「……ん？」

ふと疑問がわいた。

今回の依頼も、鵺《ぬえ》の事件と同じように、過去の事件関係者の紹介によるものとばかり思っていた。けれど、もしも璃子さんが十年前から島の外に出ていないとしたら。

（そもそも、どうやってあの屋敷の住所を？）

はて、と青児が首をひねった、その時。

「……おや、これはすごい」

「おお、絶景ですね！」

踊り場に庭園を一望できる窓があった。

そして。

「グラン・テアトル——イタリア語で〈大劇場〉と呼ばれるピラミッド型のバロック庭園です。まさにバビロンの空中庭園もかくやの奇観ですね」

皓の声にも、しみじみと感嘆が滲《にじ》んでいる。

階段状になった庭園は、なんと十段もの高さがあった。一段一段、劇場舞台のように石柱や彫像の配されたそれは、まるで巨大な神殿のようだ。

地上数十メートルの高みに位置する最上階のテラス——遥《はる》か彼方《かなた》の水平線を一望できるその場所に、今まさに天へと駆け上がろうとする一角獣の彫像があった。皓によるとボッロメオ家の紋章だそうだ。

「一角獣は、古くからヨーロッパで紋章の意匠に用いられてきた幻獣です。しかし実は、獰猛《どうもう》で傲慢《ごうまん》な性格とも言われ、ノアの箱舟から追い出されてしまったために、大洪水で絶滅したとも伝えられますね」

「はあ、見かけによらないものですね」

つまり気高いジャイアンのようなものだろうか。

と、ついっと視線を上げた皓が、その角の先に広がる青空を見て、

「そろそろ嵐になりそうですね」

まさか、と思ったのが顔に出たのだろう。ちょいちょいと皓に手招きされて、隅の方にあった換気用の小窓を押し上げると、

「おわ！」

ごうっと、まともに突風を食らった青児は、仰《の》け反るように後ずさりした。

いつの間にか風が重く湿って、ごおごお唸《うな》り声を上げている。よく見ると、庭園の向こうに広がった水平線にも、白い荒波が立っていた。

嵐が近いのだ。

「ど、どうして急に……ええ、台風？」

慌てて小窓を閉めた青児は、天気予報アプリを確認して悲鳴を上げた。

なんと大型台風が接近中だそうだ。中国大陸に上陸する見こみだった台風が、予想外の急カーブを描いて、今夜にも九州全域を暴風域に巻きこもうとしているらしい。

思えば——海上タクシーに乗船する際、妙に船長の顔つきが渋かったのも、この台風のせいだったのか。

「ええ、欠航ギリギリだったそうです。しかし、ここまで天候が急変するとなると、近くに雨男でもいるのかもしれませんねえ」

おっとり言った皓に「そんな馬鹿な」と青児がツッコミを入れた、その時。

「だから、とにかく璃子に会わせろって言ってんだろ！」

突然、怒鳴り声が聞こえてきたのは、回廊に並んだ扉の一つ——ちょうど応接間の真上辺りからだった。どうやら揉《も》め事の真っ最中らしく、背中で扉を庇《かば》うように立った霜邑さんに一人の青年が詰め寄っている。

青児と同じ二十代前半。サロン系と言うのか、細身のジーンズにドレープつきカットソーというオシャレ上級者コーデを着こなした長身は、一見、モデルか俳優のようだ。

「……あれ？」

「どうしました？」

「気のせいですかね。どうも見覚えがあるような」

かと言って知人友人では断じてない。サバンナで喩《たと》えるなら、ライオンとハダカデバしかし、本来は爽《さわ》やかに整っているはずの顔は、猛犬よろしく鼻筋に皺《しわ》が寄っていた。

あまりお近づきになりたくないタイプだ。

「何度でも申し上げます。主治医として面会を許可するわけにはいきません」

霜邑さんの声にも、冷ややかな拒絶が感じられた。先ほどとまるで別人の印象だ。

「ああ、そうかよ。なら俺はこの先も居座るだけだ。〈親族の誰かがこの島への滞在を希望した際は、必ず受け入れなければならない〉――それがジジイの遺言だよな？」

「ええ、確かに。ただ、建治郎《けんじろう》様から勘当されたアナタに親族を名乗る資格があるか、はなはだ疑問ではありますが」

「けっ、言ってくれるじゃねえか」

はて、遺言？　建治郎氏？　一体、何の話だろうか。

「絢辻建治郎――幸次さんの父親ですね」

言い争う二人の目から隠れるように、こっそり踊り場の隅に座りこんで皓が言った。

当然、青児もその横で便所座りだ。

「幸次さんが、資産家の御曹司だという話はしましたよね」

「ええ、はい、確か次男坊だって」

「建治郎さんは、元は小さな町工場にすぎなかった家業をたった一代で国内有数の総合建設会社に育て上げた傑物です。去年まで八十歳を超えてなお現役だったようですが、今年の始めに脳卒中で亡くなったそうで」

　その莫大《ばくだい》な遺産は、かねての遺言に従って、しかるべき相続人の手に渡ったらしい。その中に、このホテル・イゾラ・ベッラが含まれていたのだ。

「いくら著名な芸術家と言っても、幸次さんの個人資産はたかが知れてますからね。名義上、この島の所有権は、資金源である建治郎さんにあったそうです。幸次さんの立場は、あくまで住みこみの管理人だったんですね」

　そして、先の相続により、晴れて幸次氏の所有物となったのだが。

「負担付遺言と言って、相続人に特定の義務を課すことができるんです。もしも守らなかった場合、相続そのものが取り消されます。幸次さんの場合〈親族が滞在を希望した際は、必ず受け入れなければいけない〉というものだったようですね」

　結果として、厄介な居座り客を招いてしまったようだ。

「絢辻一冴《かずさ》――璃子さんの従兄弟《いとこ》です。確かファッションデザイナーだそうですが」

「あ！」

「どうしました？」

「思い出しました！　確か一時ネットで炎上っぽいことになって」

　試しにスマホで〈絢辻一冴〉と検索すると、幾つかのニュースサイトがヒットした。どれも芸能関連のゴシップ記事だ。

　今から二年前。

とある大手芸能事務所のはからいで、メンズファッション雑誌の専属モデルが、若手ファッションデザイナーとタッグを組んで、新しいファッションブランドを立ち上げることになった。そのデザイナーが一冴だったのだ。

当初は、どちらもテレビ映えする見た目とあって〈才能溢《あふ》れる二人の奇跡のコラボレーション〉と大々的に報じられたようだ。一時期は、東京コレクションに出展するほどの人気ぶりで、都心の一等地に、直販一号店、二号店と立て続けにオープン。順風満帆のスタートかと思いきや――。

「Tシャツ一枚一万円っていう価格設定と普段使いには奇抜すぎるデザインが、Twitter なんかでさんざん馬鹿にされたんですね。そうやって雲行きが怪しくなったところに、相方だったモデルの不倫疑惑が持ち上がって」

一気に売り上げが悪化したのだ。

しかし当のモデルは〈あくまで自分はアドバイザーであって、経営やデザインには関知していない〉とあからさまな逃げ口上を打って、表舞台から降りてしまった。

その後も業績は回復せず、ついには事実上の倒産を迎えたようだ。

「えーと……けど、海外での評価はわりと高かったみたいです。人気ドラマで主役の衣装に抜擢《ばってき》されたりして」

経営面はさておき、デザイナーとしての才能自体は確かにあったのだろう。

経歴によると、デザイン専門学校に在学中、若手デザイナーの登竜門である新人賞を受賞している。そこにビジュアルの良さが加わって、芸能事務所に目をつけられたようだ。泥船にのせられたあげく、よってたかって沈没させられた感じだが。

「けど、何だって璃子さんに？」

「さあ、わかりません。ただ経済的に困窮しているのなら、金銭目当てとも考えられますね。噂だと、先の相続で璃子さんは一億円以上の資産を受け取ったそうです」

途方もない大金だ。では霜邑さんは、遺産に目の眩《くら》んだ悪い虫が璃子さんに近づかないよう、ああして孤軍奮闘しているわけか。

と、その時。

「な、何ですか、あれ！」

突然、階下に現れた二つの人影に、ぎょっと青児は目を剝《む》いた。

一人目は、巨大な鴉《からす》の化け物だった。骨格標本にも似た白いくちばしに、黒々と円い眼球。漆黒の翼で覆われた巨軀《きょく》は、優に一八〇センチはあるだろうか。

てっきり妖怪《ようかい》化した罪人の姿かと思いきや——。

「……仮装、のようですね」

皓の言う通り、正面の白いくちばしは蠟《ろう》の仮面で、目玉は覗《のぞ》き穴だ。そして、足首丈の漆黒のローブに、同色のつば広帽と革手袋。さらに日本人離れした長身とあいまって、どこに出しても怪しい立派な怪人物だ。

しかし、本当に青児を驚かせたのは——車椅子にのった少女だった。

硝子《ガラス》のように澄みきった虚《うつ》ろな瞳《ひとみ》は、まるで本物のアンティークドールだ。半袖《はんそで》のサマーワンピースを着て、繊細なアンティークレースで彩られたその姿は、もはや人の美しさを超えている——大輪の白薔薇《ばら》だ。

「絢辻幸次さんと、そのご息女の璃子さんですね」

皓のその一言で、はっと青児は我に返った。

(なるほど、あの子が)

かつて国際的アーティストだった幸次氏は、彼女を自身の〈最高傑作〉と称し、手元の作品すべてをその手で破壊してしまったと言う。

そんな奇矯なエピソードも納得させてしまう魔力が、彼女の外見にはそなわっていた。顔立ちは、年相応に大人びたものだ。なのにその体は、第二次性徴前の少女のまま、頑なに成長を拒んでいるように感じられる。

しかし、まず気になるのは、

「えーと……幸次さんの方は何かのコスプレですか?」

「メディコ・デッラ・ペステ。ヴェネツィアの仮面カーニヴァルでよく見かける衣装ですね。いわゆるペスト医師——黒死病が蔓延《まんえん》した中世ヨーロッパで、その患者を専門に治療した医師の格好です」

「はあ、医者っていうよりも死神ですが」

夜道で出くわしたらダッシュ逃げ一択だ。

「ふふ、ボッロメオ家の家人には、ミラノ大司教になった聖カルロがいます。ペスト患者の救済に尽力した偉人ですから、その逸話にちなんだのかもしれませんね」

しかし、いくら人嫌いの偏屈家とは言え、頭から爪先まで仮面とローブで覆ってしまうのは、さすがに病的だろう。

と、瞬《まばた》きをしたその一瞬後。

「……あれ？」

野晒《のざら》しの白骨を想わせる蠟面が、獰猛《どうもう》に牙《きば》を剝いた白毛の狼に変わった。しかも、帽子よろしく頭にのっているのは——鉄の平鍋《ひらなべ》だ。

その直後に。

「璃子！」

階下に気づいた一冴から叫び声が上がった。

すかさず大階段に駆け寄ろうとして、霜邑さんに制止される。振りほどこうともがくものの、霜邑さんの方が長身のせいで手こずっているようだ。

「ああ、くそ、離せ！　璃子！　おい、璃子！　聞こえるか！」

あれ、と青児は瞬きをした。

璃子さんを呼ぶ一冴の声に、切実な何かを感じたからだ。

(もしかして遺産目当てっていうのは勘違いで)

もっと別の、何か切迫した事情があるのではないか。

と。

それまでの間、じっと一冴の姿を見上げていた幸次氏が、車椅子の手押しハンドルを握り直して、元来た方へと引き返し始めた。

「さて、璃子さんの居場所もわかりましたし、僕たちは探索の続きをしましょうか」

「りょ、了解です」

こそこそ言い交わして、足音をひそめつつ大階段を降りる。そして二人は、そそくさと玄関ホールを後にしたのだった。

＊

「……なるほど、鍛冶《かじ》が嬶《ばば》ですか」

例によって青児から目撃談を聞いた皓は、至極あっさりとそう断言した。

「けど、ちょっと愉快な感じですよね、頭に鉄鍋《てつなべ》って」

「ふふ、実際は恐ろしい妖怪ですけどね。〈鍛冶が嬶〉は、高知県室戸《むろと》市に伝わる話で、類似の話が〈弥三郎《やさぶろう》婆〉や〈小池《こいけ》婆〉などの名で、全国各地で語り継がれています。いわゆる〈千疋《せんびき》狼〉という類型説話の一つですね」

今は昔。

身重の女が峠道を歩いていると、産《さん》の杉という古木が生えた辺りで、突然産気づいてしまった。通りすがりの飛脚に助けられ、木の上に避難したものの、やがて夜になって狼の群れに囲まれてしまう。

狼たちは、梯子《はしご》状に肩車をして二人を襲おうとするものの、飛脚が脇差《わきざし》で果敢に応戦。やがて攻めあぐねた狼たちから〈佐喜浜《さきはま》の鍛冶が嬶を呼べ〉と声が上がった。そして現れたのが、頭に鉄の平鍋をのせた白毛の狼だったのだ。

「あ、なるほど、鍋は刀を防ぐためなんですね」

つまりヘルメットの代用品だ。

「ええ、しかし飛脚の振り下ろした脇差が見事に鉄鍋を叩《たた》き割って、頭に深手を負った白狼は、手下の狼たちと共に敗走します。そして翌朝、峠道に残った血痕《けっこん》を辿《たど》って行くと――」

と、ふっと皓の声が途切れた。しばらくの間、考えこむように沈黙して、

「……困りましたね」

「え、何がです？」

「青児さんの見た妖怪が〈鍛冶が嬶〉だった場合、予想以上に厄介なことになっているのかもしれません」

「ええと、それって……わ！」

突然、ぴたっと皓が立ち止まったせいで、危うくぶつかりそうになってしまった。見ると、皓の視線の先に彫刻をあしらった扉がある。一角獣と書物のモチーフだ。

「さて、この部屋かもしれませんね」

ドアノブを回すと、横長の小部屋が現れた。扉を起点に左手奥に向かって絨毯《じゅうたん》敷きの床が広がっている。反対側の壁にあるのは、真鍮《しんちゅう》の振り子が揺れる柱時計だ。

そして。

「なるほど、図書室で正解でしたか」

壁一面が、天井丈の書架で覆われていた。

異様なのは、病的な几帳面《きちようめん》さで並んだ背表紙に、どれもタイトルがないことだ。一見した限りでは、分厚く立派な革装丁で、全集か百科事典にも見える。

が、しかし。

「ああ、つまりこういうことですね」

すっとのびた皓の手が、本棚の一冊を引き抜いた。現れたのは、買ったばかりのノートのような、まっさらな白紙のページだ。

「いわゆるイミテーションブックですね。それも特注品。つまり、この図書室そのものが観賞用のインテリアということになります」

「はあ、なるほど。とんだ見掛け倒しですね」

と。

「えーと、それで、この部屋に何か……おわっ」

きょろきょろ辺りを見回した青児は、直後にぎくりと固まった。

鏡だ。

柱時計の向かい側――左手奥の突き当たりに、一枚の姿見がかかっている。縦に細長い額縁風のデザインで、壁の本棚や床の絨毯なんかが鏡面に映りこんでいた。

そして。

（……嫌だな）

ちょうど柱時計を背中で隠すように、青児の全身像があった。皓の贖罪《しょくざい》を受け入れたお陰か、もうその姿は妖怪から人のものに戻っている。

しかし、過去のトラウマによって、今なお鏡は苦手なままだ。ぞわぞわ背筋に悪寒を感じつつ、そそくさ距離を置こうとした、その時。

「なるほど、これが噂の鏡ですね」

「どわあっ！」

「ふふふ、ちょっと篁《たかむら》さんを真似してみました」

「……勘弁してください」

と。

おもむろに鏡に近づいた皓は、ぺたりと手の平を押し当てて、

「船の上でもお話ししましたよね。ホテル・イゾラ・ベッラには、十年前の転落事故にちなんで一つの怪談が伝わっています。その主役が、この鏡なんです」

はて、何の変哲もない姿見のようだが。

「ええと、幽霊でも映るんですか？」

「ふふ、その逆ですね。映るべきものが、映らなかったんですよ」

聞けば。

玻璃さんが亡くなる半年前、幸次氏は〈心霊写真が撮れた〉と騒いで、仲間たちに一枚の写真を配ったと言う。それは、この図書室の姿見の前に立った玻璃さんを斜め後ろのアングルから撮影したものだった。

しかし正面の鏡に映っていたのは、絨毯と本棚、そして本来は玻璃さんの背後に隠れるはずの柱時計だった。つまり透明人間のように玻璃さんの姿が鏡から消えてしまったのだ。

「当時、周りは幸次さんのイタズラと受け止めたようです。仲間たちを驚かせるために、専門家に写真の加工を依頼したんだろうと」

「はあ、けど、なんでわざわざ」

「聞いたところ、もともとイタズラ好きの性分だったようです。このホテル・イゾラ・ベッラにしても、〈この屋敷のどこかに隠し部屋を作った。もしも探し当てた者がいれば、管理人の座を譲ってやる〉と宣言していたそうで」

そんな無茶な。

「ふふふ、ほとんど誰も真に受けなかったようですがね」

しかし半年後、玻璃さんの死によって事態は一変してしまう。

「あの心霊写真は、彼女の身に起こる不幸を予見したものだったのではないか。そんな噂が流れて、この〈死を予見する鏡〉がにわかに脚光を浴びたんです」

事故後、取材の申し込みが殺到したものの、幸次氏は頑としてはねのけ続けた。そして件《くだん》の〈心霊写真〉を一枚残らず処分してしまったのだ。

しかし数ヶ月後、仲間の一人から渡った写真がついに週刊誌に掲載され、幸次氏による厳重な抗議の結果、店頭から回収される騒ぎに発展している。

「てことは、噂の心霊写真そのものは一枚も残ってないんですね」

「そうなりますね。せめて件の週刊誌を入手できないかと、古書業者を当たってもらったんですが、もともと発行部数が少ない上に、出版社も倒産済みで」

なるほど、紅子さんが探してダメなら、天地が引っくり返っても無理な話だ。

と、鏡に顔を近づけた皓が、ためつすがめつ観察し始めた。どうやらよほど怪談話が気にかかるようだ。

さて、視線のやり場に困った青児が、手持《ても》ち無沙汰《ぶさた》に突っ立っていると、

「珈琲《コーヒー》でもいかがですか？」

不意に横からカップを差し出された。

「あ、どうも」

反射的に受け取って気がついた。

——緋少年だ。

「うわあ！」
「鈍いなあ。普通、カップを差し出された時点で気づきません？」
ころころ笑った緋は、なぜか給仕人姿だった。
フォーマルな印象の白シャツにバーテンダーベスト。しかし頭上には、相変わらず緋《ひ》
牡丹《ぼたん》つきのキャスケット帽をのせている。
「わあ、奇遇ですね！　実は地方新聞でアルバイト募集の広告を見つけて、半月前くら
いにこの島で雇ってもらったんです。まさかこんな場所で会えるなんて——」
「しょうけらですか」
半ばで遮って皓が言った。
ぱちりと瞬《まばた》きをした緋は、降参するように両手をホールドアップして、
「やっぱりバレちゃいましたか。そうです、少し監視してもらったんですね。そしたら
八月十九日にこの島に来ることがわかったんで、ちょっと先回りしてみました」
てへっと舌を出してそう白状した。
（ええと、確かしょうけらって言うのは——）
鳥山石燕《とりやませきえん》の『画図百鬼夜行《がずひゃっきやこう》』で見かけた妖怪《ようかい》だ。人のような、鬼のような、はたまた
初代エイリアンのような見た目で、その鷹《たか》のように鋭い鉤爪《かぎづめ》で瓦《かわら》屋根にへばりつき、天
窓から中の様子をうかがっている画である。
解説文を読んで〈つまり凄腕《すごうで》のストーカーのようなものか〉と思ったのだが、なるほ

ど、偵察役にはもってこいだろう。

「お二人が来たってことは、何か事件が起こるんですよね？　わくわくするなあ、僕みたいな助手志願者には、絶好のアピールチャンスですよね」

一見、無邪気そのものの笑顔だが、公園で蟻の巣を水攻めにしてはしゃぐ小学生と同じ薄ら寒さがある。ある種のサイコパスだ。

と。

「そもそも、どうしてアナタは、僕の助手になりたいんですか？」

「あは、そんなこと！　そりゃあ、僕を認めてもらうためですよ。アナタの兄弟として、ひいては山本五郎左衛門の息子としてね」

皓の問いかけに、ひょいっと緋はおどけたように肩をすくめて、

「僕の母は魔族ですが、別に何の後ろ盾にもなりませんからね。けれど、跡取りであるアナタの助手におさまれば、いずれ魔王の座を勝ち取った時、その側近になれるわけです。なのに肝心の助手が人間で、しかもボンクラときたら、殺してでも奪い取りたくなるじゃないですか」

悪意と侮蔑《ぶべつ》——そして、憎しみと妬《ねた》みの笑みだった。

しかし一瞬後。

元通りの顔に戻った緋は、澄ました仕草で一礼すると、

「じゃあ、これで。僕はアルバイトの仕事に戻ります。あ、そうだ、霜邑さんが捜して

ましたから、そろそろ応接間に戻った方がいいですよ。それでは、良いご滞在を」

言うが早いか踵《きびす》を返して、意気揚々と出口に向かう。

と。

「何か、僕に言うべきことはありませんか？」

そう呼び止めた皓の声は、不思議と語尾がかすれていた。なぜだろう、底の方にある感情は、どこか懇願にも似ている気がする。

しかし。

「何もないですよ、お兄さん」

心底不思議そうに小首を傾げて、にべもなく緋はそう言った。

「本当に、何もね」

＊

いよいよ嵐が近い。

廊下に出ると、先ほどよりも風が強まったのがわかった。窓から一望した海も空も、暗灰色に染め上げられている。

（どうも変だな）

皓の横顔に物憂い陰りがあるのを見て、内心青児は首をひねった。半月前——写真入りの封筒を受け取った時とまるで同じだ。

「あの、皓さん」

たまりかねた青児が声をかけようとした、その時。

「ああ、よかった。こちらにいらしたんですか」

玄関ホールに差しかかるのと同時に、霜邑さんと遭遇した。顔つきからして、だいぶ捜させてしまったようだ。

「すみません、霜邑さんの戻りが遅かったので、お手洗いをお借りしようと」

白々しく皓がのたまった。見た目だけなら殊勝そのものだからより悪質だ。

「それは失礼しました。実は他のお客様とのトラブルで船を呼ぶのが遅れてしまいまして。先ほど福江島から連絡があって、台風の影響で海が荒れて、もう今日は出せそうにないと」

「おや、弱りましたね」

「こちらの不手際で足止めしてしまい、誠に申し訳ございません。よろしければお二人の客室をご用意させて頂きますが」

「それはありがたい。ぜひお願いします」

かくして、嵐がおさまるまでの間、客人として逗留《とうりゅう》することになった。棚から牡丹餅《ぼたもち》とはこのことだ。

「どうぞ、ご案内いたします」

向かった先は別館だった。例の黒い扉をくぐり抜け、アーチ型の空中回廊を渡る。絨《じゅう》毯《たん》敷きの二階廊下に出ると、やがて案内されたのは左手奥の客室だった。

アンティーク調のイタリア家具で統一された室内は、窓の反対側にベッドが二つ。さすが元ホテルだけあって、当然のようにバストイレつきなのがありがたい。

「何か不自由がございましたら、いつでも内線でお呼びください」

恭しく一礼して霜邑さんは退室していった。実に惚《ほ》れ惚《ぼ》れする執事っぷりである。

さて、何はともあれ、まずは荷《に》解《ほど》きだ。早々とすませた皓に対し、充電ケーブルを手にした青児が、うろうろコンセントを探していると、

「近頃の人は、スマホを充電しないと何も始まりませんねえ」

「そう言うわりに、近頃、俺のを借りすぎてません？」

「……さて、予報だとそろそろ台風の上陸ですね。外の様子はどうなんでしょうか」

どうやら痛いところを突いたようだ。

皓に続いて窓辺に行くと、窓ガラスの内側に両開きの鎧戸《よろいど》があった。

「あれ、珍しいですね。普通、窓の外につけるものなんじゃ」

「ええ、装飾用ですね。厚い強化ガラスを使ってますから、それを隠すためでしょう」

虚飾、の二文字が脳裏に浮かぶ。これも図書室と同じマガイモノなのだ。

すいっと手をのばした皓が、合わせ目についた掛け金を外すと、

「うわ、真っ暗だ」

現れたのは、見事なまでの闇だった。ひたすら暗くて何も見えない。なのに、ひりひりと嵐の気配を肌で感じた。海上を吹き荒れる風の音が、まるで怪物の咆哮《ほうこう》のようだ。ひたひたと闇の奥から不穏な気配が忍び寄ってくる。

「さて、鬼は昏夜《こんや》に人を喰《く》う——とも言いますが、まさに打ってつけの夜ですね」

闇を見透かす目で皓が言った。ぞっとして青児は一歩後ずさりする。

と、ぱらぱら音を立てて雨粒が窓を叩《たた》き始めた。

ついに嵐がやって来たのだ。

「……ん、あれ？」

「おや、どうしました？」

「え、いや、見間違いですかね。今、窓の外に——」

光が、と続けようとした瞬間、一条の光が闇を裂いた。

——船のライトだ。

「え、まさか、こんな嵐の夜に！」

「正気の沙汰《さた》とは思えませんが、そのまさかのようですね」

もしや台風をしのぐための緊急避難なのだろうか。

しかし、船着き場に進入した船は、さほど間を置かずに出航してしまった。ちょうど海上タクシーが青児たちを送り届けた時と同じように。

「もしかすると遅れてきた客人かもしれませんね。後で様子を見に行きましょうか」

が、しかし。

客室を出るよりも早く、廊下から足音が聞こえてきた。

話し声は二つ。一つは霜邑さんだろう。もう一つは青児と同年代の男性のものだ。直後に、扉の開閉音。どうも真向かいの客室に泊まるようだ。

(何だろう、妙に胸騒ぎがする)

そう青児が首をひねった、その時。

「よかったら様子を見てきてもらえませんか?」

「ええ、俺がですか?」

「来月のお小遣いが倍額になりますよ」

「……行かせて頂きます」

我ながら悲しい性《さが》である。

そっと扉を開いて廊下に出た。すでに霜邑さんは本館に戻ったのか、話し声はおろか物音一つ聞こえない。つまり耳よりも目を頼るべきなのか。

「ええと、失礼します」

蚊の鳴くような声で断りを入れ、扉の前に膝《ひざ》をついた。覗《のぞ》きはれっきとした犯罪だが、同性なだけあって罪悪感も薄い。そうして鍵穴《かぎあな》に片目を近づけると——。

まさかの凜堂棘《りんどうおどろ》がいた。

「いいいました! いました! 例のアイツが!」

「おや、どなたですか？」

「ほら、凜堂棘っていう探偵の！　この前、鵺《ぬえ》に喉《のど》をかじられてた！」

戻るなり半泣きで叫んだ青児に、「ああ」と皓はぽんと手を打って頷《うなず》いた。

凜堂棘。巷《ちまた》で〈死を招《よ》ぶ探偵〉と噂される、凄腕《すごうで》の私立探偵だ。しかしその正体は、皓と同じ〈地獄代行業者〉であり、もう一人の魔王・神野《しんの》悪五郎《あくごろう》氏の跡取り息子である。つまり親子二代にわたって因縁づけられた宿命のライバル——のはずなのだが。

「なるほど、そう言えばいましたね、そんな人」

その時、青児は心底から棘に同情した。まさか宿命のライバルをしてこの言い草とは夢にも思うまい。

「ん？　そう言えば棘さんって、この前も大雨でずぶ濡《ぬ》れでしたよね」

「ふふふ、雨男なのかもしれませんね」

さては百年に一人の逸材か、あのアメフラシ。そう青児が内心で舌打ちしていると、

「おや、マズイ」

「え？」

途端、皓に襟元をつかまれて、ぐいっと手前に引っ張られた。

その直後に。

バン！

突風のような風圧と共に、青児の背後にある扉が開いた。

もしも皓に引っ張られていなければ、後頭部をえぐられて即死するか、頭蓋骨《ずがいこつ》にヒビが入っていたかもしれない。

(殺《や》る気だ)

扉を開け放った人物――棘から本気の殺意を感じて、青児はごくりと唾《つば》を呑《の》んだ。

「おや、棘さん、お久しぶりです。ノックもなしとはずいぶん不躾《ぶしつけ》ですね」

「失敬。てっきり覗き屋だとばかり思ったもので」

……どうもバレバレだったようだ。

(けど、まいったな)

実はこの御仁、五ヶ月前、鵺にまつわる事件で皓と一騎打ちを果たした際に、無惨に敗北を喫したあげく〈殺してやる〉とまで宣言している。

まさに一触即発。今にも血の雨が降り出しかねない事態だ。ぶるりと震え上がった青児が、ここそこ皓の背後に隠れようとした、その時。

コンコン、と場違いにノックの音がして、

「どうぞ」

現れたのは、先ほど霜邑さんと揉《も》み合っていた一冴だった。

「いや、悪い。さっき本館の窓から船のライトが見えたから、こっちに来てみたら話し声がして……アンタ、まさかあの凜堂棘?」

「ええ、その凜堂棘です。依頼では、今夜の指定だったはずですが」

「あ、いや、確かにそうだ。けど、よく辿《たど》り着けたな。俺はてっきりキャンセルか延期になるんだと」

「さて、ちょうどいい伝手《つて》があったもので」

聞けば――過去の事件関係者に、長崎県在住のクルーザー所有者がいたそうだ。青児たちと同じルートで離島入りした棘は、なんと電話一本で呼び出して、ここまで運転させて来たらしい。口ぶりから察するに、何らかの弱みを握っているようだ。

この横暴さ、罪に問えないものだろうか。

「失敬。その知人からのようです」

そう言って棘が懐から取り出したのは、見覚えのあるガラケーだった。液晶画面に表示されたのは、ごくごくシンプルな受信メールだ。

――死んだら祟《たた》ってやる。

「ふむ、さては沈没しましたかね」

さらっと外道ぶりを見せつけつつ、平然とガラケーを仕舞い直した。

と。

「初めまして、同業者の西條皓です。お邪魔してます」

どさくさにまぎれて挨拶《あいさつ》した皓が、ぺこりと一冴に頭を下げた。物腰だけなら丁重だが、友だちの家でゲームをしている小学生が、家主に出くわした時のノリだ。

「同業？　ちょっと待て、何なんだアイツら。アンタが手伝いに呼んだのか？」

「……さて、一体、誰のことだか」

明後日《あさって》の方を向いて棘が言った。どうやら徹底的に無視を決めこむつもりのようだ。

胡散臭《うさんくさ》げな顔をした一牙は、しかし棘の態度に察するところがあったのか、

「とりあえず、依頼について詳しく説明する。部屋まで来てくれ」

と言い残して退室した。

すかさず後ろに続いた棘の背中に〈ハゲてしまえ〉と呪いの念を送っていると、さも当然のように皓少年がついて行こうとしたので、

「い、いやいやいや」

「おや、何か？」

「何かじゃないですよ！ この前〈殺してやる〉とか言われたじゃないですか！」

「ああ、なるほど、そのことですね」

と、ぽんと一つ手を打って、

「それなら心配いりません。そもそも地獄堕《お》とし勝負を始めるに当たって、閻魔《えんま》庁の立ち合いのもと一つの取り決めがなされたんです。決着がつくまでの間、互いの陣営に危害を加えてはならない――それこそビンタ一発でレッドカード退場ですね」

「なるほど、それなら安心ですね」

ほっと胸を撫《な》で下ろしたのも束の間、

「ただし、あくまで決着がつくまでの話なんですね」

……無性に嫌な予感がした。

「そこから先は、煮るなり焼くなりお好きにどうぞ、という話なんですよ。生きたまま皮を剝《は》ごうが肝を食おうが、それは当然の権利ですからね。棘さんが言っていたのは、つまりそのことなんです」

「あの、それって……まさか俺まで含まれてませんよね？」

「さて、そろそろ僕らも移動しましょうか。足音から察するに二つ隣だと思います」

誤魔化した！

意気揚々と客室を出た皓の後ろに、半泣きの青児が続く。

皓の言う通り、一冴の滞在先らしき客室は二つ隣にあった。

基本的な造りは同じだが、こちらはベッドが一つのシングル仕様だ。それなりに雑然としているところを見ると、滞在し始めてから大分日が経っているのだろう。

二人の姿は、窓辺で向かい合った肘掛《ひじかけ》椅子にあった。傍らに愛用のステッキを立てかけた棘は、その長さを見せつけるように高々と足を組んでいる。

よし、折れろ。

「……ところで」

不意に、トン、と肘掛を叩《たた》いて棘が言った。

「どうして部外者を同席させる必要が？」

しまった、気づかれたか。

ガン無視なのをいいことに、ちゃっかりベッドの端に陣取って静聴のポーズをとっていた二人は、ものの三秒で捕獲されてしまった。そうして猫の子よろしく叩き出されようとしたところで、

「失礼」

舌打ちしつつ、棘がガラケーを取り出した。どうやらメールを受信したようだ。

「……は？」

文面に目を通した棘が、呆気《あっけ》にとられた顔をした。

その目が、皓と青児に向けられる。直後、ぶわっと膨れ上がった殺気と共に、砲声めいた舌打ちが鳴った。

(な、何だ？)

と、荒々しい足取りで椅子に戻った棘は、どかりと座り直して溜息《ためいき》を吐いた。そして、頭痛を堪《こら》えるように、こめかみに指を押し当てて、

「事情が変わりました。このまま話を続けてください」

「……え、いや、そいつらは？」

「いません」

無茶を言うな。

その瞬間、声なきツッコミがぴたりと重なったのを青児は感じた。

しかし一冴は、もはや何を言っても無駄と悟ったのか、

「大まかな内容は、先日メールで書いた通りだ。アンタには十年前に玻璃さんが死んだ事件の再調査を頼みたい」

聞くと。

八月十九日は、璃子さんの誕生日であり、そして玻璃さんの命日でもあるそうだ。

「建治郎ってジジイが、年に一度のこの時期に、ホテル・イゾラ・ベッラで親戚《しんせき》同士の親睦《しんぼく》会を開いてたんだ。表向きは璃子の誕生日祝いだったんだけどな。けれどその年は、今日みたいな台風の影響で、前日の十八日には福江島に引き上げることになって」

翌日、悲劇は嵐のただ中で起こったのだ。

玄関ホールの大階段で、玻璃さんの変わり果てた姿が発見された。死因は、頭蓋骨《ずがいこつ》折を伴った後頭部打撲による外因性ショック死。島内には、他に幸次氏と璃子さんの二人。そして、住みこみの医師である萩圭介《はぎけいすけ》氏がいた。霜邑さんの前任者だ。

「警察によると、外部から侵入された形跡はなし。窓も扉も施錠されてたそうだ」

事の起こりは、深夜一時頃。

自室にいた幸次氏が、璃子さんの悲鳴で玄関ホールに駆けつけると、階段下に倒れた玻璃さんの死体と、茫然《ぼうぜん》自失した璃子さんの姿があった。

果たして、事故か、事件か。

唯一の目撃者である璃子さんは、真相について一言も語らないまま、それきり沈黙の殻に閉じこもってしまった。

主治医として萩医師の下した診断は、解離性昏迷《こんめい》。そして、目撃者の証言もないまま、警察の捜査は進められ――。

「結論は、事故だった。けれど俺は、今も殺人だと思ってる」

「ほお、根拠は？」

「当時、玻璃さんは周りに離婚を仄《ほの》めかしてたんだ。娘のためには、夫と別れてこの島を出るべきかもしれないって」

「さて、なぜです？」

「はっ、奴の頭がおかしいからだよ。なにせ璃子が声を立てて笑っただけで、気が触れたみたいに怒ったからな。自分の娘に喜怒哀楽の一切を禁じてたんだ。生きた人間じゃなしに、人形の娘が欲しかったんだろうさ」

そう棘に向かって吐き捨てた一冴の目には、まじりっ気なしの怒りがあった。きっと当時から、彼の立ち位置は璃子さんの側にあったのだろう。

「今はあんな風だが、もともと璃子は人一倍勝気な性格で、特にあの頃は父親と衝突してばかりだったんだ。離婚を踏み切らせるには充分だろ」

「つまり、別れ話に激昂《げきこう》した幸次氏が、玻璃さんを階段から突き落としたと？」

問われた一冴は、眼差《まなざ》しに力をこめて頷《うなず》いた。

「殺しの現場を目撃したからこそ、璃子は正気を失ったんだと思ってる。それに、もしかすると璃子があんな風になったのも奴らのせいかもしれない」

「と言うと？」

「嵐のせいで、警察が到着したのは、事故が起こった翌日だった。それまでに口封じの時間があったわけだろ。つまり、住みこみの医者だった萩の野郎が、璃子に何らかの薬を投与したりして、目撃者潰《つぶ》しに加担したのかもしれない」

霜邑さんの前任者である萩医師は、もともと熱心な人形コレクターで、幸次氏の信者だったそうだ。その罪を隠蔽《いんぺい》するためなら、躊躇《ちゅうちょ》なく犯罪に手を染めるだろう——というのが一冴の仮説だが、多少サスペンスドラマ臭が強すぎる気もする。

一冴本人も自覚しているのか、気まずげに咳払《せきばら》いすると、

「知人の事件記者から入手したものだ。アンタが噂通りの探偵なら、それで充分だろ」

テーブルの上に分厚い書類封筒を投げ出した。対して棘は、わずかな身じろぎもせずに、関心のない一瞥《いちべつ》を投げると、

「ええ、充分ですよ。その封筒が不要なほどにね」

「何だって？」

「警察関係者に伝手《つて》があるのは、私も同じなんですよ」

気障《きざ》ったらしく言い放った直後、横からすっと皓少年の手がのびて、

「じゃあ、せっかくですから僕たちで拝見しましょうか」

いそいそと書類封筒を引き寄せようとした。

が、しかし。

すかさず封筒の上に振り下ろされた棘のステッキが、バシッと音を立ててそれを阻止した。ぐぐ、としばし無言の攻防が続く。はたから見ればただのコントだ。

「おや、棘さん、またメールですよ」

内ポケットで、どこか咎《とが》めるように電子音が鳴った。

と、憎々しげに皓をにらんだ棘が、盛大な舌打ちと共にステッキをどけた。すかさず書類封筒を奪取した皓が、ぱっぱと汚れを払って、にっこり笑う。

……何だかわからないが、とにかく勝ったようだ。

「なるほど、警察の捜査資料ですか」

封筒の中身は、どれも玻璃さんの事件に関したものだった。

現場状況や死体所見など、ずいぶん細かに記録されている。わざわざこんな代物まで用意するとは、一冴の執念は相当なようだ。

と、コンコン、とノックの音がして、

「失礼」

返事も待たずに一人の男性が現れた。

「怪しげな探偵を呼んだって霜邑さんに聞いてな。一冴、お前一体、何やってるんだ」

二十代後半に差しかかった頃だろうか。吊《つ》り目がちの一重に、知的な印象を与えるワンポイントフレームの眼鏡。有名ブランドの高級スーツを着こなした姿は、やり手の青年実業家といった雰囲気だ。

しかし冷たい声の底に、癇癪《かんしゃく》にも似た険《けん》がある。友だちの少なそうなタイプだ。

「絢辻紫朗《しろう》さんですね。一冴さんの異母兄で、璃子さんの従兄弟《いとこ》に当たります。絢辻家の次期跡取りと目されている人物のようです」

「なるほど、見たままですね」

すかさず説明をはさんだ皓に、青児はげんなり息を吐いた。芸術家といいデザイナーといい、この島はハイスペック男の巣窟《そうくつ》なのか。

「あれ？　異母兄ってことは」

「紫朗さんが正妻、一冴さんが愛人の子だそうです」

なるほど、わかりやすい。

「一冴さんの方は、ファッションデザイナーの道に進んだことで、建治郎さんに勘当されたようですね。対して紫朗さんの方は、東京大学経済学部を卒業後、子会社の役員に就任しています」

どうも正反対の兄弟のようだ。

と、「くそ、言いつけやがって」と舌打ちした一冴が、すわった目で紫朗をにらむと、

「てめぇに教えてやる義理はねぇんだよ、出てけ」

その直後。

「ちょっと待て。まさか……凛堂棘か？」

さっと蒼《あお》ざめた紫朗の顔は、弟の呼んだ探偵に向けられていた。

「さて、どこかで？」

「いや、別に顔見知りなわけじゃない。けれど県知事のパーティにお邪魔した時、急病人が出て、その時にお前が――」

声が震えた。怯《おび》えだ。

どうやら〈死を招《よ》ぶ探偵〉の存在は、政財界の人々の間で、もはやトラウマレベルの不吉の代名詞と化しているらしい。

「ふざけるな！　どこまで考えなしなんだ、お前は！　こんな得体の知れない奴らを呼び寄せて、またこの島で死人を出すつもりか！」

「別にそれでもかまわねぇよ。野放しの人殺しを警察に突き出せるんならな！」

「……誰のことだ？」

「は？　頭のおかしい鴉《からす》野郎に決まってんだろ」

「幸次さんか！　まさかお前、今さら玻璃さんの件を――」

不意に、ドンドン、と音がした。静粛に、と裁判官の振り下ろす小槌《こづち》のように。

はっと口を閉じた二人の、その視線の先には棘がいた。ステッキの先で、足元の床を突いたのだ。

「そのことですが」

淡々と切り出して、棘は膝《ひざ》の上で指を組んだ。

「残念ながら、アナタの望む答えにはなりませんね」

「……どういう意味だ？」

「玻璃さんの死は他殺ではない、という意味です」

場が凍った。

ずばり断言した棘は、唖然《あぜん》と固まった一同を冷ややかに一瞥すると、

「もともと玻璃さんの遺体には、誰かと争った形跡もなければ、着衣の乱れもありません。就寝前のナイトガウン姿で、体内からはアルコールが検出済み。状況から考えても、飲酒による酩酊《めいてい》が引き起こした事故と考えるのが妥当なケースでしょう」

滑らかな口ぶりは、まさに立て板に水。舞台の役者さながらの名調子だ。

「さらに遺体に残された打撲痕《こん》です。隈《くま》なく全身にわたっている上、そのすべてに皮下出血——つまり生前のものと考えられる生活反応があります」

「……だから？」

「階段から突き落として殺害する場合、体の向きにかかわらず、相手の上半身を押すのが普通でしょう——つまり頭から落ちるわけです。それも前のめりに落下しますから、かなりの距離をね。そうして着地のタイミングで首や頭に致命的なダメージを負った結果、死に至るケースが多いんですよ」

なんとなくイメージできた。

というのも小学生の頃、お地蔵様のお供え物を盗み食いして、般若《はんにゃ》と化した曾祖母《そうそぼ》に

神社の石段から突き落とされたことがあるからだ。

「対して転落事故の場合、足を踏み外したその弾みで、全身を打ちつけながら長い距離を転がり落ちるわけです。ちょうど玻璃さんの遺体に残った打撲痕のようにね。さらに手の平に擦過傷があることからも、足を滑らせた際にとっさに手すりをつかもうとしたんでしょう」

確かに。

捜査資料を見ると、現場となった大階段は、二箇所から血液が検出されている。一箇所は、階段上方の手すり。そしてもう一箇所は、下から三段目の踏み板の角だ。

つまり、そのすべてを総合すると、

「アルコールで酩酊した玻璃さんは、階段を下りようとして足を滑らせ、とっさに手すりをつかもうとしたものの、全身を打ちつけながら転がり落ちた。そして運悪く踏み板の角で頭を打ち、それが致命傷になったわけです。つまり――」

そう一息にまくしたてると、

「以上、結論は事故になります。ただ、どうして事故が起こったのか、調査の余地はありますがね」

しん、と沈黙が落ちた。

「そんな馬鹿な」

茫然《ぼうぜん》と呟《つぶや》いた一冴の顔は、別人のように蒼《あお》ざめている。不意に、はは、と紫朗から乾いた笑い声が上がった。

「馬鹿馬鹿しい。さんざん身内の恥をさらしてこのザマか。とんだお笑い種《ぐさ》だな」

皮肉や嫌味にしか聞こえない言いざまだが、底には確かな安堵《あんど》が滲《にじ》んでいる。

直後、一冴の目が物騒な光を帯びた。衝動に突き動かされるようにして、紫朗の胸倉をつかみ上げると、

「ああ、そうかよ。そうやって〈それ見たことか〉って何もかも鼻で笑うつもりなら、どうしててめぇはこの島に来た！　それも璃子の二十歳の誕生日に！」

「俺は――」

激しい剣幕で詰め寄った一冴に、紫朗は何事か口を開きかけて、しかし無言のまま首を振った。

「はっ、だろうな。どうせ不出来な弟のお目付役なんだろうさ。けど、璃子のことで俺の邪魔をしてみろ。どんな手を使ってでも殺してやる」

一冴の声には、憤怒と敵意と――本気の殺意があった。どうも一連の事件を抜きにしても、相当に根深い確執があるようだ。

それはさておき。

「あの、皓さん。俺たちはこのまま口出し無用でいいんでしょうか？」

「おや、どうしてです？」

「さっき幸次さんが妖怪《ようかい》に見えたってことは、つまり――」

幸次氏は、過去に何らかの罪を犯した〈罪人〉ということになる。つまり棘の見解は間違いで、やはり玻璃さんの死は他殺であり、その犯人は幸次氏なのではないか。

しかし、う－ん、と腕組みした皓は、今一つ煮え切らない顔で首をひねると、

「さて、どうでしょう。もしも幸次さんの罪状が、一冴さんの主張する〈妻殺し〉だとすれば〈鍛冶が嬶〉という妖怪は、いささか不似合いに思えますね」

「どういうことですか？」

「もしかすると青児さんの目にした罪は、玻璃さんの件とは別の、まだ誰にも知られていない事件なのかもしれません。たとえば床下に隠された死体のように、今もまだ誰にも気づかれずにいるような」

ぞっと寒気を覚えて、青児は震え上がった。

「まさか――まだ他にも誰か死んでるってことですか？」

と、その時だ。

「お取込み中、失礼しま－す」

場違いに朗らかな声がして、ノックもなしに扉が開いた。

――緋少年だ。

「あれ？　お前、確かバイトの」

「はい、緋って言います。しがない夏休みバイトです。どうぞよろしく！」

白々しく自己紹介しつつ、脱いだキャスケット帽を胸に押し当てて一礼すると、

「まず霜邑さんからの伝言です。〈お食事の用意が整いました。皆様、正装にお着替えの上、食堂までお越しください〉だそうです」

そして、にこっと一冴に向かって笑いかけると、

「それから、ついでに一冴さんの発言をスマホで録音させてもらいました。霜邑さんから聞いたんですけど、霜邑さんや紫朗さんに対する脅迫の件で、近々警察に相談するみたいですよ。〈どんな手を使ってでも殺してやる〉なんて、まさにぴったり！」

「おい、チビ。一体、何を――」

「じゃ、僕はこれで！　一冴さんは、明日《あした》にでも島を出た方が身のためですよ！　その他の皆さんも、どうぞご機嫌よう！」

言うが早いか、止める間もなく立ち去ってしまった。

しばらく誰もが沈黙した。

と、やがて「くそったれ」と一冴の毒づく声がして、

「てめぇら全員、一人残らず地獄に堕《お》ちろ」

＊

さて、何はともあれ夕食である。

「正装でって言ってましたけど、別にこのままでいいですよね？」

「さて、郷に入りては郷に従えと言いますし、ここは素直に着替えましょうか」

「え、けど、それっぽい服装なんて」

「ふふふ、実はこんなこともあるかと思いまして」

得意げに言った皓が、二つ折りのスーツカバーを引っ張り出した。

現れたのは、ジャケットとベストを組み合わせたスリーピーススーツだ。やけに荷物がかさばると思いきや、まさかこんな物まで入っていたとは。

「けど、サイズとかは大丈夫なんですか？」

「なにせ紅子さんのお手製ですからね」

その一言で思い出した。

いつぞや風呂《ふろ》上がりの脱衣所で紅子さんの襲撃を受けて、いきなりパンイチ姿のまま頭から爪先まで隈《くま》なく採寸されたことがあった。青児の方は、突然のご乱心に半泣き状態だったのだが、つまりこのスーツを仕立てるためだったのか。

しかし、まったくもって紅子さんの万能ぶりは、とどまるところを知らないようだ。きっと来世は二十二世紀でドラミちゃんに生まれ変わるのだろう。ひょっとするとターミネーターかもしれないが。

「ふふ、流石にきちんとした服を着ると、普段と印象が変わりますね」

「え、そうですか？」

「まさに馬子にも衣裳《いしょう》ですね」

褒められた気がしないのは、果たして被害妄想だろうか。

「寝癖は……まあ、そのままでいいでしょう。これがないと青児さんじゃありませんからね。猫背の方は、おいおい矯正していきましょうか」

言いつつ肩の埃《ほこり》を払った皓が、ぽんぽん青児の背中を叩《たた》いた。なるほど、近頃やけに背中を叩かれることが多かったのは、猫背の矯正のためだったのか。

「さて、次は僕の番ですね」

そう宣言して皓少年が着替え始めた。たとえ美少年といえど、野郎のパンイチ姿は見たくないので、そそくさとスマホいじりに没頭する。

そもそも全身しまむらコーデだろうと難なく着こなすに違いないのだから面白くない。それがオーダースーツとくれば、さぞかしお似合いだろう――と思いきや。

「……あれ？」

振り向いて皓を見た青児は、ぱちりと一つ瞬《まばた》きをした。

「どうしました？」

「え、いや、思ったよりもしっくりこないっていうか、似合ってないわけじゃないんですけど、うーん……あ、そうか身長のせいだ！」

背が低いせいで、若干、七五三っぽさが抜けきれないのだ。

これまで並んで比べたこともなかったが、こうして見ると、意外なほど身長差がある。いや、というか、むしろ――。

「皓さんって、高校生ぐらいの見た目にしても、背が低い方じゃないですか？」

「……さて、どうですかねえ」

「紅子さんと比べても、少し皓さんの方が低いような」

「いえ、紅子さんはヒールで底上げされてますから、脱いだら同じぐらいですよ」

口ぶりは冷静だが、珍しくムキになっている気がしないでもない。少し愉快になった青児が、うりうり小突くようなイメージで、にやにや笑いを浮かべていると、

「さて、明日から青児さんは禁煙でいいですよね」

「嘘でしょう！」

思わず悲鳴を上げてしまった。もしも本物のペットであれば、動物愛護法で罰されてしかるべき仕打ちである。

「皓さんって意外に子供っぽい時がありますよね」

「そりゃあ、まだまだ子供ですから」

恨みがましく言った青児に、涼やかな声で皓が応《こた》えた。都合のいい時だけ子供ぶるのは——と抗議しようとした青児は、はたと気づいて瞬きをした。

「そう言えば、皓さんって幾つぐらいなんですか？」

「ずいぶん今さらな質問ですねえ」

ごもっともである。

「いや、その、どうも平安《へいあん》時代から生きてるような気がして」

「ふふふ、それだと篁さんと同年代ですね。戦後生まれですよ。焼け跡に闇市が立っていた頃ですね。人間で言うと十五歳ぐらいでしょうか」

「え、じゃあ本当に子供だったんですか！」

まさか本物のティーンエイジャーだったとは。

……本当に、何もかも全部、笑えるほどに今さらだ。

「考えてみると、俺って皓さんのこと全然知らないんですね」

「さて、僕も青児さんのことは知りませんねえ」

なんと。

思えば、皓と暮らし始めてから優に七ヶ月半が過ぎている。もう七ヶ月、まだ七ヶ月、どちらの受け止め方が正しいのだろうか。

(何だかんだで、わかったような気がしてたんだけどな)

気がしていた——だけだったのかもしれない。

と。

「けれど、不思議とそれでもいい気がするんですよ。わからないことがあれば、そのつど訊《き》けばいいかなと。青児さんなら必ず教えてくれるでしょうから」

ふわりと笑った皓を見て、ふと気がついた。これまで互いについて知らなかったのは、単に知る必要がなかったからなのかもしれない。

「……ですか？」

「ですね」

冗談めかして頷いた皓が、ふふ、と笑う。つられて笑うと、肩にあった重みのようなものが消えた気がした。

「実は、俺もそう思います」

と、その時。

急《せ》かすように内線が鳴った。どうも着替えに手間取りすぎたようだ。

「おや、大遅刻ですね。着替え直しますので、待っていてください」

別に七五三スタイルでもいいのでは、と思ったものの、うっかり口に出すと即禁煙を言い渡されそうなので黙っていた。

しかし、どうも顔に出たのか、

「まず一日一本にしましょうね」

「……勘弁してください」

＊

内線の案内に従って本館に向かうと、食堂は大階段の奥にあった。

アーチ型の天井には、ベネチアングラスのシャンデリアが灯《とも》り、白一色のテーブルクロスの広がった長卓には、整然と銀のカトラリーが並べられている。正直、給仕役の霜邑さんが立ち働いていなければ、映画のセットと勘違いしそうだ。

と、不意に。

「おや、正装と聞きましたが、昼間と同じですか」

振り向くと、燕尾服《えんびふく》姿の棘がいた。青児たちよりも遅れて現れたところを見ると、どうも遅刻癖があるようだ。

おそらく完璧《かんぺき》以上の着こなしなのだろうが、ふだんからコスプレまがいの洋装とあっては〈ハゲればいいのに〉以上の感慨もない。

「ええ、やはり着慣れませんので。羽織を身につければ、失礼には当たらないかと」

「……ああ、なるほど、身長が足りませんでしたか」

その途端、皓の笑顔がカチンと凍った。マ、マズイ。

「棘さんも、ありあわせで間に合ってよかったですね。てっきり僕は、鵺《ぬえ》にかじられて頭身が縮みでもしたんじゃないかと」

「皓さん皓さん、ちょっと！」

「……ほお、その喧嘩《けんか》、言い値で買いましょうか」

「すみませんすみません、今虫の居所がすごく悪くて！」

コメツキバッタよろしく棘に頭を下げると、皓の襟首をつかんでテーブルに走った。

——今のは、さすがに皓が大人げない！

さて、そんなこんなで。

「それでは、お食事を始めさせていただきます」

霜邑さんの挨拶《あいさつ》を皮切りにして、膝《ひざ》の上に白いナプキンが広げられ、クリスタルのデカンタから順繰りにワインが注がれた。

向かい合わせに座った絢辻兄弟も、フォーマルスーツ姿だった。

意外だったのは、一番堅苦しさを嫌いそうな一冴が、しっくりタキシードを着こなしていたことだ。どうも血筋というか、育ちの良さがうかがえる。

(けど、顔つきはTPOもへったくれもないんだよな)

揃いも揃って、眉間《みけん》に皺《しわ》を寄せた仏頂面である。

正直、どんな料理でも不味《まず》くなりそうな光景だ。もっともこの面子《メンツ》で和気あいあいと会話が弾んだりしたら、それこそホラー映画の一場面だが。

(何より、問題は——)

皓と棘だ。

それも席次の都合上、対面の席になったせいで、この世の地獄としか言いようがない。刻一刻と短くなっていく導火線が見えるようで、生きた心地がしなかった。

「ふふふ、それでも残さずに食べるのが青児さんですね」

「……褒めてませんよね?」

「さて、僕らだけでも雑談しましょうか。その方が気がまぎれるかもしれませんよ」

「はあ、まあ、確かに」

とは言え、この場に相応《ふさわ》しい話題など何も思いつかないのだが。

「ええと、棘とか皓とか、魔族って変わった名前が多いですよね」

とっさに言ってしまってから、見事に話題のチョイスを間違えたことに気がついた。

蒼《あお》ざめた青児に対し、ぶっと吹き出した皓は、ひとしきり肩を震わせると、

「いえいえ、青児さんもなかなか他人のこと言えませんけどね」

「へ、そうですか？」

はて、意外だ。平々凡々の一言に尽きると思うのだが。

「へその緒が首に巻きついて、青黒い顔で生まれてきたらしいんです。それで青児って名前に」

「……は？」

意外にも反応したのは棘だった。

何言ってんだコイツ、と露骨に書かれた顔で青児を見ると、

「まさか東郷青児《とうごうせいじ》とは無関係だと？」

「え、誰ですか、それ」

「昭和を代表する美人画家ですよ。それにしても、よくここまで育ちましたねえ」

しみじみ感心した声で皓が言った。

実は両親からも「まさか育つとは思わなかった」という気になる一言を頂戴《ちょうだい》したのだが、突っこんで訊くと藪蛇《やぶへび》になりそうなので止めておいた。パンドラの箱も、開けなけ

ればただのインテリアボックスだ。

「ところで、棘さんの方はどうなんですか？」

例によって一切空気を読まずに皓が訊《たず》ねた。すわ大爆発かと思いきや、先ほどのやりとりで毒気を抜かれたのか、

「……別に。双子の兄と対になってはいますが」

言った直後に後悔したらしく、鋭い舌打ちが鳴った。もしも親御さん同伴なら、対人マナーについて説教必至な場面だろう。

はて、しかし兄弟で一対とはどういう意味だろうか。

「なるほど、ケイキョクですか」

例によって早々と答えに辿《たど》り着いたらしい皓が、得心のいった顔で頷いた。

はてな、と首を傾げていると、指先でテーブルクロスをなぞって教えてくれた。なるほど、その漢字を当てるわけか。

「良い名前ですね。特に亡くなったお兄様の――」

何気なく皓が続けようとした、その時。

ドン、と空気が震えた。

なんとテーブルにデザートナイフが刺さっている。棘が突き立てたのだ。

「おい、何の騒ぎだ？」

呆気《あっけ》にとられた顔の一冴や紫朗とは対照的に、棘は能面のような無表情だった。

そして、カタン、と音を立てて席を立つと、

「私の前で兄について語ることを許すつもりはありませんよ、この先誰であってもね」

殺気――と呼ぶにも、いささか温度の低すぎる声だった。

後に残されたのは、殺伐とテーブルから生えた一本のナイフだ。

「霜邑さんに告げ口しておきましょうか。弁償が必要になれば七桁《けた》は下りませんしね」

「……さては嫌がらせの天才ですか」

「しかし、あの人自身が手にかけたのなら、ああなるのも無理はありませんね」

おや、と青児は瞬《まばた》きをした。皓の声には、相変わらず哀れみにも似た響きがある。

けれど。

「同情や共感は、ただの傲慢《ごうまん》かもしれませんが」

なぜか自嘲《じちょう》のようにも聞こえた。

＊

その後つつがなく食事が終わり、客室に引き上げることになった。

霜邑さんによると、応接間に人数分のワインとおつまみが用意されているそうだ。至れり尽くせりとはこのことだろう。

（けれど、まさか一晩中呑《の》み明かすわけにもいかないし）

八月十九日、バラバラ事件が起こる——発端となった手紙でそう予言されている以上、今夜これから何かが起こるかもしれないのだ。

けれど、そもそも本当の差出人は誰なのか、青児の目にした〈鍛冶が嫗〉は一体何の罪を表したものなのか、謎が謎を呼ぶばかりだ。

とは言え、皓少年の頭の中では、ひそかに見当がついているのかもしれないが。

「……うん？」

かすかな寝息が聞こえて、青児はぐるりと室内を見回した。

（あれ、珍しいな）

窓辺の椅子に座った皓が、いつの間にか瞼《まぶた》を閉じている。絨毯《じゅうたん》の上に本が落ちているのを見ると、どうやら読書中に寝入ってしまったようだ。

（ただの旅疲れ……じゃ、ない？）

よく見ると、目元に薄《うっす》ら隈《くま》がある。心なしか顔も蒼白《あおじろ》いようだ。もしかすると、ここ最近ろくに眠れていないのかもしれない。

（ああ、そうか、緋のせいだ）

日頃おっとりした皓が、珍しく悩み事を抱えているようだった。それが何なのか、青児は聞き出せないままだったけれど。

ちりっと火花が爆《は》ぜるように、脳裏に閃《ひらめ》いた記憶があった。

〈よお、久しぶりだな、青児〉

同郷の幼馴染《おさななじみ》であり、長年の友人でもあった猪子石《いのこし》が、突然、青児のアパートに現れて、やつれ果てた笑顔を見せた時のことだ。

体を壊して職を失い、賭《か》けごとにはまって借金に溺《おぼ》れ、しかし、そのすべてを青児に打ち明けないまま、自ら命を絶とうとしていた、あの時。

程度の差こそあれ、今の皓は同じ顔をしている気がする。何か一つのことを思いつめてしまっているような。

思えば。

〈最後にお前と一緒にパーッと呑めないかと思って〉

猪子石の口にした言葉には、ヒントとなる単語がちりばめられていた。

最後の最後に青児のアパートを訪ねたのも、別れの挨拶をするというよりも、その苦境に気づいて止めて欲しかったのかもしれない。

――自殺を。

なのに。

〈その金、少し俺に貸してくれないか？〉

青児が口にしたのは、そんな一言だったのだ。だからこそ猪子石は、借金の連帯保証人という形で、青児に不幸を押しつけていったのだろう。

（もしも、あの夜、俺が別の言葉をかけていたら）

何もかも、今さら仕方のないことだ。

——俺が、俺じゃなければよかったのに。

そう考えたところで、どうにもならないのは嫌というほど知っている。そもそも、たとえ多少マシになったところで、どうせ青児は青児でしかないのだから。

けれど——それでも考えてしまうのだ。

俺が、俺じゃなければ、猪子石は死なずにすんだのだろうか。

（それでも、結局のところ今さらか）

そう心の中で呟《つぶや》いて立ち上がった。拾った本をサイドテーブルに置いて、荷物の中にあったタオルケットを皓にかける。

「おやすみなさい」

声には出さず口の中で呟いて、青児はスマホの充電ケーブルを抜いた。ベッドの上で腹這《はらば》いになって、検索エンジンを立ち上げる。

（……いや、皓さんの場合、俺の手助けなんて絶対必要ないんだろうけど）

それでも。

何もできないまま、取り返しがつかなくなるのは、もううんざりだ。

「えーと、鍛冶が嫗っと……うわ、けっこう怖いな」

スマホで一通り調べてみたものの、期待したような成果はなかった。もしも事件の手がかりがつかめれば、それだけ皓の負担も軽くなるかと思ったのだが。

「ん？」

不意に閃くものがあった。

（そう言えば、紅子さんもスマホを持ってないんだよな）

滅多にパソコンを使わないのもあって調査手法がアナログなのだ。

関係者の所在をつかんで聞きこみに回り、業者の伝手《つて》を辿って目当ての情報を炙《あぶ》り出す。刑事ドラマ顔負けの奔走ぶりだ。

けれど。

（ひょっとしてインターネットは手つかずなんじゃや？）

かつてホテル・イゾラ・ベッラは、その手のマニアの間で絶大な人気を誇っていたようだ。では当時の〈お宝〉を今になってネットで公開しようとする者もいるのではないか。その中に、例の心霊写真があるとすれば――。

「一か八かやってみるか」

途中で充電ケーブルに繋《つな》ぎ直し、ひたすらネットサーフィンを続けること、早三時間。

さすがに眠気に襲われ始めた青児が、しょぼしょぼ疲れ目をこすっていると、

「ん、あれ？……あ！」

それはオカルト専門の匿名掲示板だった。

古い雑誌のページを丸ごとスキャンしたらしいセピア調の画像。

おどろおどろしいフォントの見出しには〈怪奇スクープ！　死を予見する鏡の謎！

噂の心霊写真を大公開!?〉とある。凄《すさ》まじい昭和臭だ。

つまり。

「見つけた！」

思わず青児がガッツポーズをきめた、その直後だった。

「え?」

突然、ブラウザが強制終了してしまった。

慌てて再起動したものの、回線が不安定になっているのか一向にブラウザが立ち上がらない。メールの送受信ぐらいならできそうだが、ブラウジングは難しそうだ。もしや台風の影響で、基地局が停電してしまったのだろうか。

「よ、よりにもよってこんな時に」

がっくり青児が肩を落とした、その時だった。

「おや、お取込み中のようですね」

「……はい?」

振り向くと、鼻先の触れそうな至近距離に、ぼうっと人魂《ひとだま》が浮かんでいた。

「をわあっ！」

「申し訳ありません、驚かせるつもりは」

「いやいや絶対わざとですよね！」

もしも青児が小学生なら〈ゴルゴ〉とあだ名をつけるところだ。

さて、言わずと知れた小野篁《おのたかむら》さんである。

以前は古式ゆかしい平安装束だったが、今回はなんとナポレオンコートでの登場だった。足首丈のコートを物ともしない足さばきは、優に一八〇センチ以上の長身とあいまって、もはや一流モデルの貫禄《かんろく》だ。

容姿端麗、文武両道、頭脳明晰《めいせき》――と、まさに平安の世が生み出した完璧《かんぺき》超人であるところの篁さんは、死没から千年以上が経った今でも、第三冥官《めいかん》という肩書で、閻魔《えんま》庁でのお役所勤めに励んでいるらしい。

なにせ生前から、昼は朝廷、夜は閻魔庁というダブルワークをこなしていたと言うのだから、筋金入りの社畜っぷりだ。

「あれ？　篁さんが来たってことは、また棘さんとの推理勝負になるんですか？」

「ええ、謹んで審判役を務めさせて頂きます」

事の起こりは、江戸の昔。

作者の稲生武太夫《いのうぶだゆう》をして〈実話〉とうたわれた怪異録――〈稲生物怪録〉には、二人の大妖怪《ようかい》の名が登場する。魔王・山本五郎左衛門と、悪神・神野悪五郎だ。

当時、魔王の座をかけて熾烈《しれつ》な腕比べを繰り広げていた二人だが、ついに勝負は引き分けとなり、決着は次代に持ち越しとなった。

山本五郎左衛門の子――皓と、
神野悪五郎の子――棘だ。

そして審判役である閻魔庁の提案で始まったのが、この〈地獄代行業〉なのである。

そのルールは単純明快だ。先に百人の罪人の罪を暴き、地獄に堕《お》とした者に魔界の王たる資格を与える——つまりは、知力を尽くしての推理合戦である。

……いささか皓がのん気すぎるせいで、順調に負けてはいるのだが。

と、噂をすれば。

「おや、篁さんですか、お久しぶりですね」

うーん、と寝起きの猫よろしく背伸びをしつつ、いそいそと皓が起き出してきた。

「お休みのところ、大変申し訳ありません」

「いえいえ、きっといらっしゃるだろうと思ってました。先ほど棘さんにメールを送ったのは篁さんですよね？」

「ええ、二度ほど」

「え、もしかして俺たちがつまみ出されかけた時のやつですか？」

つまりは。

推理の土台となる情報の公平性を期するために、依頼人との会話を共有するよう、棘にメールで〈お願い〉していたそうだ。

……果たして、閻魔庁とはクイズ番組の裏方スタッフなのだろうか。

「実は、皓様にもご協力をお願いしたいのですが」

「はて、何でしょう？」

「半月前、ホテル・イゾラ・ベッラから一通の封書が届きましたよね。できれば、そちらの情報も棘様と共有させて頂ければと」

「ええ、どうぞ、かまいませんよ」

「恐れ入ります」

恭しく封筒を受け取った篁さんは、なんとスマホで撮影し始めた。てっきり現物を引き渡すものと思いきや、写真に撮ってメールで一括送信するらしい。

超高速のフリック入力を見るに、どうも上級ユーザーのようだ。

「さて、ご承知とは思いますが、正式な取組は深夜零時からとなります。それまではこの客室でお待ちください」

「ふふ、お約束ですね」

勝敗に関するルールも、前回と同じだった。

基本的に早い者勝ち。先にすべての罪状を暴き、裁きを言い渡した者の勝利だ。

「しかし、いくら閻魔大王《えんまだいおう》の名代《みょうだい》とは言え、そのつど出張というのも大変ですね」

「すまじきものは宮仕え、ですね。残念ながら、今はどこも人手不足で」

「今度お中元でも送りましょうか。何かご希望はありますか？」

「……え、地獄まで配送できるんですか？」

そんな風に駄弁《だべ》っている内に、煎餅《せんべい》片手に縁側でくつろいでいる空気になってきた。

そもそもこの面子《メンツ》で緊張感を保てと言うのが無理な話だ。

が、しかし。

「ええと、これから具体的に何をすればいいんでしょうか？」

「そうですね。強いて言うなら、この場で待機ですか」

なんと。

「え、けどバラバラ事件が起こるって……せめて俺だけでも見張りとか」

「さて、そうですね。しかし〈誰が〉〈誰を〉バラバラにするのか、まだわからないいまなんですよ」

「あ」

確かに。ひょっとすると滞在客である一冴や紫朗、そして幸次氏や霜邑さんが犠牲者となる可能性もあるのだ。

「もちろん青児さんもありえますしね」

「いっ！」

「ふふ。さて、いっそ暇潰《ひまつぶ》しにトランプでもしましょうか。篁さんもどうです？」

やがて、本当にトランプ遊びが始まった。

初めはポーカーだったのだが、いっかな青児がルールを覚えられないせいで、途中からババ抜きに変更された。

例によって皓少年の圧勝かと思いきや、意外や意外、ダークホースは篁さんだった。

「篁さんほど何を考えているかわからない人もいませんねえ」

「いえいえ、それほどでも」

褒め言葉とも負け惜しみともつかない皓の台詞《せりふ》に、篁さんははにかんだ笑みで照れていた。天然なのかわざとなのか、いずれにせよなかなかの大人物である。

「では、ビリの青児さんには、罰ゲームとして本館まで飲み物を取ってきてもらいましょうか。確か応接間でしたよね」

――嫌です。

と言ったら、今度こそ禁煙のお達しが下りそうだ。

「……いってきまーす」

廊下に出た途端、獣の吠《ほ》え狂うかのような風の唸《うな》りが聞こえてきた。

「うわ、暗!」

行く手には、ガス灯風の照明が灯《とも》っている。しかし元ホテルであるせいか、優に三人以上がすれ違える幅の廊下は、どことなく薄暗いままだった。

そして、まるで生乾きの服を着せられたように、重く湿った空気。

さあっと夜気に首筋を撫《な》でられた気がして、青児はぞっと総毛立った。一歩でも足を踏み出したが最後、闇に呑《の》まれて戻れなくなってしまうような。

(いやいや、そんな馬鹿な)

笑い飛ばそうとしたものの、頬がこわばって上手《うま》くいかない。かくなる上は、とっとと用事をすませるに限ると、脇目もふらずに足を進めたところ――。

ものの見事に迷ってしまった。

「ええと、確か玄関ホールを曲がってすぐだった気が」

おかしい、見つからない。しかも灯《あか》りにつられてさらに角を曲がったせいで、さっぱり現在地がわからなくなってしまった。

ひとまず足を止めて、息を吸いこむ。そして暗闇の奥に向かって、

「あのー、誰かいませんか？」

返ってくるのは、当然のように雨と風の咆哮《ほうこう》ばかりだ。

しかし。

（あれ？）

今、かすかに物音が聞こえた気がした。廊下の端——ではない。扉の向こうだ。

——誰かがいる？

すり足で一番手前の扉に近づいた青児は、耳をそばだてて中の様子をうかがった。

もしも霜邑さんなら万事解決。これ幸いと案内してもらえばすむ話だ。けれど、もしもそれ以外の誰かだとしたら、正直、気まずいどころの話ではない。

「えーと、失礼します」

小声で呼びかけ、青児はドアノブに手をかけた。隙間から室内をうかがいつつ、ゆっくりと引き開けていく。

「え？」

室内は無人だった。いや真っ暗でよくわからない。ただ人の気配がないのは確かだ。

――空耳？

さて、灯《つ》りを点けようにもスイッチの在り処《か》がわからない。代わりにスマホのバックライトをかざすと、見覚えのある背表紙の列が浮かび上がった。

図書室だ。

「え、じゃあ、まさか」

そもそも玄関ホールの時点で左右を間違えてしまったわけか。がっくり肩を落として、青児は我が身の不注意を呪った。

柱時計の文字盤の上では、分針と時針が今まさにⅫで重なり合おうとしている。

もうすぐ深夜零時なのだ。

（……あれ、何だ？）

ふっと生臭い匂いを嗅《か》いだ気がした。

錆《さ》びたスプーンを舐《な》めたような。いや、もっと金気臭く、かつ生々しい匂いだ。

――血？

凄《すさ》まじい怖気《おぞけ》がして、ぞわりと二の腕に鳥肌が立った。知らず後ずさりした途端、ふっと背後から生温《なまぬる》い風を感じる。

「え？」

振り向くと、そこに鏡があった。

例の〈死を予見する鏡〉だ。額縁風のフレームの中には、室内の光景が映っている。天井丈の本棚と振り子の柱時計。そして――。

「あ、わ」

それを目にした瞬間、青児はその場に凍りついた。

首無し死体だ。

どす黒い血で絨毯《じゅうたん》を汚しながら、柱時計の手前に倒れている。上半身を血糊《ちのり》でぬらぬら光らせた死体は、頭部がないにもかかわらず、優に一八〇センチ以上あった。加えて、死神に似た漆黒のローブ。

――幸次氏だ。

笛のように喉《のど》が鳴る。

悲鳴だ、と自覚した一瞬後には、転がるように廊下に飛び出していた。

(しまった！　せめて死体をライトで確認してから)

しかし、今さら引き返す度胸などあるはずもない。がむしゃらに走る青児の背中を追うように、やがて柱時計の音が鳴った。

玄関ホールの床で足を滑らせ、階段でつまずいて膝を打ち、這《ほ》う這《ほ》うの体で別館の渡り廊下に駆けこむまでの間、ずっと。

一、二……六、七……十、十一。

十二。

――深夜零時だ。

そして、最後の鐘が鳴り終えたのと同時に、客室の扉を開け放った青児は、窓辺の椅子に座った二人に向かって、声を限りに叫んだのだった。

「し、死体が！　首無し死体が！　幸次さんが！」

と。

それが合図だったかのように篁さんが立ち上がった。そして、例によって一切物音を立てない身ごなしで恭しく一礼すると、

「それでは、私はこれで。ご武運をお祈りしております」

言うが早いか、煙が空に立ち上るように、ふっと消えてしまった。いつもながら手品さながらの退場だ。

「あ、あの、と、としょ」

「まず落ち着いてください。バラバラ死体でも見つけたような顔をしてますよ」

「それです！」

すっかり息が上がって膝《ひざ》が笑ってしまっている。必死に動悸《どうき》を抑えた青児が、にが酸っぱい胃酸を呑み下しつつ、たった今目にしたものを皓に伝えると、

「おやおや」

予想通りの反応を見せ、さっと椅子から立ち上がった。

「まず図書室に行きましょうか。騒ぎになっていないところを見ると、まだ誰も死体を

見つけてないようですしね」

念のため、備えつけの懐中電灯を手に廊下へ出る。

と、その時。

「ん？」

激しい雨音にまじって、ごろごろと空が鳴った気がした。まさかと思って窓を見ると、その一瞬、暗闇の奥に仄白《ほのじろ》い光が走る。

雷光だ。

「ふふふ、まさにホラー映画さながらですね」

「……あの、まさか隠れマニアだったりしませんよね？」

そうこうする内に、本館一階の図書室に辿《たど》り着いた。

そして、さんざん尻込みした青児が、皓に急かされつつ扉を引き開けると、

「え？」

思わずぽかんと固まってしまった。信じられない光景があったからだ。

いや、違う——何もなかったのだ。

漆黒のローブをまとった首無し死体も、どす黒く絨毯を汚した血痕《けっこん》も、室内にあるべきはずのもの、すべてが。

「え、ど、どうして」

「さて、絨毯を見ると、本棚の重みでついた凹《へこ》みが残ってますね。退色具合からして、

家具を移動させたり、同柄の絨毯と入れ替えた可能性も低そうです」

となると、この部屋には——はなから死体などなかったことになる。

「そ、そんな」

ぐらっと眩暈《めまい》を覚えて、青児は足元をよろめかせた。

「たとえば人形を使って死体に見せかけることも可能でしょうね。ただ絨毯が血で汚れていたとなると——」

ふむ、と顎《あご》に手を当てて皓は考えこむ顔つきになる。

その時、さっと脳裏に閃《ひらめ》くものがあった。

「ひょっとして左目の怪我のせいなんじゃ」

半月前、芹那に包丁で切りつけられた左目の傷。幸い視力に影響はなく、傷跡もほとんど目立たなくなっている。だから、元通りに治ったとばかり思っていたのに。

(もしも照魔鏡の力が誤作動したんだとしたら)

ありもしない幻を見てしまうこともありえるのではないか。

「……なるほどね」

と青児の説明に頷《うなず》いた皓は、腕組みしつつ首をひねって、

「つまり照魔鏡の力の暴走ですか。考えられなくはないですが」

「それか、恐がりすぎたせいで別のものを見間違えたとか」

「疑えば目に鬼を見る、ですね。それにしても、真っ先に自分を疑ってかかるのが青児

さんですねえ」

いっそ感心した声で皓少年が言った。

と、カチャ、と扉の開く音がして、

「お二人とも、こんな場所でどうされましたか？」

霜邑さんだった。見回り中なのか、その手に懐中電灯を握っている。

「飲み物を取りに行こうとしたんですが、途中で迷ってしまって。霜邑さんは、こんな時間までお仕事ですか？」

「ええ、それが――」

しばし、躊躇《ためら》うような沈黙があった。

「幸次様を見かけませんでしたか？」

どくん、と心臓が鳴った。

思わず〈見ました〉と言いそうになって、すかさず皓に目で制止される。

――さっき、そこに幸次さんの首無し死体が。

そう訴えたいのは山々だが、肝心の死体がどこにもないのだ。

「幸次さんが、どうかされたんですか？」

「いえ、特に問題になるようなことは。ただ、珍しく私室にいらっしゃらないご様子で。この時間にご不在なことは滅多にないものですから」

しかし室内に異常は見当たらず、そこで戸締りの確認がてら、邸内の見回りをしていたそうなのだが。

(それじゃあ、まさか)

胸の動悸がおさまらない。

幸次氏が姿を消したのは、この部屋で首無し死体になって、犯人に運び去られたからではないのか。

「この天候で外へ出たとも思えませんし、僕たちも一緒に捜しましょうか」

「いいえ、お気持ちはありがたいのですが」

と霜邑さんが首を横に振ろうとした、その時。

突然、窓の外が真っ白な閃光《せんこう》に包まれた。

稲妻だ。

その一瞬後、空が崩れるような轟音《ごうおん》と共に、ふっと視界から光が消える。

停電のようだ。

「おや、外の庭園灯も消えています。送電設備をやられましたね」

「ええ、実は毎年のことでして。数時間後には復旧するかと」

「このお屋敷は、元ホテルなんですよね？　じゃあ、発電設備なんかは」

「地下にボイラー室があるようですが……どうも過去に死亡事故があったそうで、当時から閉鎖されているようです」

「なるほど、となると大人しく待つしかありませんね」

言いながら皓が、カチリ、と手持ちの懐中電灯を点《つ》けた。

「停電となると、なおさら幸次さんが心配ですね、手分けして捜しましょう」

「いえ、お客様をわずらわせるわけには。それに慣れない暗闇の中を動き回るのは危険ですので、先に別館にご案内します。飲み物は、後ほど私がお持ちしますので」

ごもっともである。けれど、事は人の生き死にに関わるのに。

「でしたら、応接間に案内してもらえませんか？」

「と言いますと？」

「こんな嵐の夜ですから、元より徹夜のつもりだったんです。幸次さんの件も気がかりですし、応接間で夜明かしさせて頂ければと」

さすがだ。すかさず口八丁で説得にかかった皓に、青児がエールを送っていると、

「あ！」

突然、頭の中で起こった閃きに、思わず青児は声を上げた。

「あの、璃子さんは？　幸次さんが行方知れずだとして、璃子さんは」

その一言で、たちまち皓は察してくれたようだった。

〈八月十九日、ホテル・イゾラ・ベッラで起こるのはバラバラ事件です〉

首無し死体が発見された今、〈予言〉や〈予告〉とも呼べるものになってしまった、あの一文。そもそもの発端となった差出人は——幸次氏ではなく、璃子さんなのだから。

「いえ、お嬢様のお部屋には、まだ」

言いながら、霜邑さんも見る見る顔を強《こわ》ばらせると、

「失礼いたします」

と踵《きびす》を返して、足早に階段を駆け上っていった。当然、青児たちも後に続く。辿り着いた先は、二階回廊の一角――昼に霜邑さんが一冴と揉《も》めていた一室だった。

ジャラ、と懐から取り出した鍵束《かぎ》で、霜邑さんが扉を開く。そして、すかさず二匹の亀よろしくにゅっと首を突き出した二人に向かって、

「こちらでお待ちください」

そう言い残して入室していった。カチンと音がして、ぼんやり室内に光が灯《とも》る。ナイトテーブルの上に置かれた非常用のＬＥＤランタンだ。

現れたのは、意外なほどがらんとした一室だった。

車椅子の妨げになるせいか、寄木細工《よせぎ》の美しい床には、絨毯《じゅうたん》も敷かれていない。左手に天蓋《てんがい》つきの寝台が鎮座している他は、家具らしい家具もないようだ。

そして。

（いた！）

中央に、車椅子にのった璃子さんの姿があった。

――よかった、無事だ。

ちゃんと首が胴体と繋《つな》がっている。霜邑さんもほっとした顔つきだ。

（あれ？　昼間と服装が違うような）

着替えたのだろうか。薄地のサマーワンピースから、長袖《ながそで》のブラウスとコルセットスカートの組み合わせに変わっている。

手足にはブーツと白手袋。立ち襟のブラウスは、首元に豪奢《ごうしゃ》なフリルをあしらったジャボタイをつけられ、カメオのブローチでとめられていた。

「さて、璃子さんも、僕たちと一緒に応接間まで移動しますか？」

「いえ、お嬢様はこちらに。少々厄介な事情がございまして、鍵のかかるお部屋の方がよろしいかと」

なるほど、一冴に会わせたくないようだ。

と、「少々お待ちください」と言って霜邑さんが足早に奥へと向かった。その先に大きな窓があって、別館の客室と同じタイプの、内開きの鎧戸《よろいど》がついている。

掛け金が下りているのを触って確かめると、青児たちの元に戻ろうとして――ふと足を止めた。そして、さっと車椅子の前に膝《ひざ》をつくと、璃子さんの髪を手ぐしで整え、喉《のど》元《もと》のブローチをとめ直す。

親鳥が雛《ひな》を慈しむような、深い愛情の感じられる手つきだ。

「僕には、どうも人形遊びに見えますがね」

「ちょっとひねくれすぎじゃないですか？」

そうコソコソ言い交わす内に、霜邑さんが戻って来た。

「お待たせして申し訳ございません。応接間までご案内いたします」

そして、しっかり扉に鍵をかけ直してから、璃子さんの部屋を後にした。

懐中電灯の光を頼りに大階段を降りると、くぐもった柱時計の音が聞こえる。

鐘の音が一つ、深夜一時だ。

途端、その余韻にまざって、遠く雷の音が聞こえた。しかし——。

(あれ？　そう言えば、雨音が止んでるような)

風も弱まっているようだ。まさか台風の目に入ったのだろうか。

と、不意に皓からこそっと耳打ちがあって、

「応接間で霜邑さんと別れたら、僕らも幸次さんを捜しに行きましょうね」

よし、そうこなくては。

しかし、力いっぱい頷《うなず》き返したはいいものの——。

「あれ？」

てっきり無人かと思いきや、やがて辿《たど》り着いた応接間には、非常用ランタンの灯《あか》りがあった。浮かび上がった人影は三つ。一冴と紫朗、それから緋だ。

暖炉前の椅子に座った兄弟の姿は、やはり対照的だった。

仏頂面でロックグラスをあおる一冴は、行儀の悪い中学生よろしく椅子の背を抱えこんでいる。一方の紫朗は、膝にビジネス用らしいノートパソコンを広げて、黙々とキーボードを叩《たた》いていた。

そんな二人の背後に緋少年がいて、甲斐甲斐《かいがい》しく給仕している——と見せかけて、ス

マホでゲームをしているようだ。正直、ロクな大人になりそうにない。

と、ぞろぞろ現れた三人に、一冴は怪訝《けげん》な顔を向けると、

「雁首《がんくび》揃えて何なんだ、お前ら。気味悪いな」

こっちの台詞《せりふ》だ。

そう思ったのが顔に出たのか、一冴が小さく舌打ちして、

「くそ、俺が知るか。なんで紫朗の奴がいるのかこっちが聞きたいくらいだよ。あと、あっちの坊主は単なるサボりだろ。働く気ねえぞ、クビにしろよ、あんなの」

ごもっともである。

「では一冴さんは、どうしてこちらに?」

「いや、俺は……」

皓に問われた一冴は、いささかばつが悪そうに肩をすくめて、

「どうも嫌な予感がして。この部屋にいれば、何か騒ぎがあったらすぐわかるだろ」

なるほど、璃子さんか。

思えば十年前、玻璃さんの事故が起こったのも、同じ八月十九日の夜だった。関係者の一人である一冴が、暗示的なものを感じるのも当然かもしれない。

（けど、よかった。見張りがついてるのか）

ほっと息を吐いた青児は、皓と並んで長椅子に腰かけた。

しかし。

雇い主に寝ずの番をさせておいて、自分は客室で高いびきとは、見下げ果てた探偵がいたものだ。

「いや、いるだろ、そこに」

「え、誰が……どをわ！」

——いた。

壁際まで移動した長椅子に、棘が仰向《あおむ》けに横たわっている。両目にはアイマスクだ。

「ふふふ、油性ペンが欲しくなりますね」

「客室まで走って取ってきましょうか？」

ここは何としてでも額に〈肉〉と書くべき場面だ。

「……聞こえてますが」

アイマスクをむしり取りつつ、むくりと起き上がって棘が言った。

ち、命拾いしたな。

「おや、すみません。起こしてしまいましたか」

「いえ、見張り中だったもので」

はて、爆睡していたようにしか見えなかったが。

「誰かさんの顔に見覚えがある気がしてね。おそらくアナタと縁の深い人物じゃないかと思いますが。しかも本来は決しているはずのない」

「……はて、何のお話でしょうねえ」

「しらばっくれるのも今の内だ、という話ですよ。何を企《たくら》んでいるにせよ、ゆめゆめただですむと思うな」

低く威嚇する声で言って皓をにらんだ。

さて、何の話なのだろう。そう思って皓にアイコンタクトで訊ねると〈さあ何でしょうね〉と曖昧《あいまい》な苦笑が返ってきた。ふむ、どうも誤魔化された気がする。

「ところで青児さん、少しスマホを貸してもらえませんか？」

そらきた。たとえ雇い主権限といえども、このところ日に二回以上の頻度だ。渋々差し出しつつも〈ちょっと借り過ぎでは？〉と文句を言おうとして、

「あ」

思い出した。

「あの、今、ブラウザが開けなくなってて」

「いえ、メールの方ですね」

はて、珍しいこともあるものだ。

首をひねりつつ手渡すと、早速メールアプリを起動して、タタタと画面を連打し始めた。さすがにフリック入力はマスターしていないようだ。

と、早々と送信ボタンを押して、

「おや、基地局も停電ですか。メールが届くまで、しばらく時間がかかりそうですね」

「誰宛てですか？」

「ふふ、後のお楽しみです」

左様で御座いますか。

そして、持ち主の青児に何の断りも入れず、さっと懐に入れてしまった。返信待ちなのかもしれないが、相変わらずのジャイアニズムだ。

と。


「よろしければ、お飲み物はいかがですか？」

そう言って霜邑さんが差し出したのは、仄《ほの》かに湯気の立つティーカップだった。

「お疲れの様子でしたので、ハーブティにいたしました。カモミールとエルダーフラワーには、鎮静効果がありますので」

薄茶に色づいた水面から、爽《さわ》やかな香りが立ち上る。霜邑さんの言う通り、ほっと肩の力が抜ける感じだ。

考えてみれば。

深夜に邸内で迷子になったり、首無し死体に出くわしたりと、思えば散々な一日だった。自覚している以上に神経が参っているのかもしれない。

勧められるままに口をつけると、ほどよい温度のハーブティが胃袋に落ちて、心までじんわり温まる気がした。

「美味《おい》しいです！」

「お気に召したようで何よりです」

ふわ、と柔らかに霜邑さんが笑った。本当に、不思議なほど安らぐ御仁だ。

と、不意に。


ごとん、と。


頭上から音が聞こえた。

ちょうど床にスイカを落としたような、重く鈍い——不吉な音だ。

途端、さっと室内に緊張が走って、

「……何だ、今の。外か？」

という紫朗の呟《つぶや》きに、

「馬鹿、上だ！」

鋭く叫んで一冴が椅子から飛び降りた。まったく酔いを感じさせない敏捷《びんしょう》さだ。

「おい、待て！　鍵《かぎ》は霜邑さんしか」

「くそっ、早くしろよ、ジジイ！」

慌てて兄弟の後を追った霜邑さんに続いて、結局、全員が一塊になって廊下に出る。

そのまま一冴を先頭に玄関ホールの大階段を上った。

二階の回廊に着くや否や、最後尾の緋少年が、すん、と鼻を鳴らして、

「血の臭いがしますね」

獲物を前にした猫のように、ちろりと舌で唇を舐《な》めた。

まさか——ほんの数十分前まで、璃子さんは無事だったのに。

「鍵はかかったままだ。外から見た限り、異常はないな」

「あってたまるか！　おい、ジジイ、早く開けろ！」

強《こわ》ばった顔つきで霜邑さんが解錠する。途端、真っ先に一冴が飛びこんでいった。

「璃子！」

遅れて青児たちも足を踏み入れて——うっと息を呑《の》んだ。

本当に、血の臭いしかしない部屋だった。

停電の生んだ暗闇の中、ごう、と渦巻く風の音が、意外なほど近くに聞こえる。まさか窓が開け放たれているのだろうか。

(璃子さんは、一体)

見ると、先ほどと同じ場所に車椅子があった。しかし、背もたれから覗《のぞ》くはずの後ろ頭が見当たらない。

「璃子、どこだ！」

その直後だった。

荒々しく踏み出した一冴の足が、まるで水溜《みずた》まりを踏んだ時のように、靴底で不快な音を立てた。床一面に、液状の何かが広がっているかのように。

「まさか」

呟いた声が震えていた。

と、ぱっと視界に光が戻る。停電が復旧したのだ。そして、室内の光景がさらけ出された瞬間、その場の誰もが金縛りにあったように凍りついた。

「え」

現れたのは、巨大な血溜《だ》まりだった。

寄木細工になった床の中央——直径三メートルほどの範囲が、禍々《まがまが》しい紅色に染まっている。そして、車椅子の足元にあったのは——。

「嘘だろ、そんな」

それは璃子さんの生首だった。

薄く開いた瞼《まぶた》の隙間から覗く目は、半透明のガラス玉のようで、まるで蠟《ろう》細工のツクリモノに見える。なのに、切断面にこびりついて固まった血糊《ちのり》が、それがかつて生きた人間の一部だったことを物語っていた。

そして。

(胴体が……ない?)

車椅子の上にあったのは、血まみれになった衣装の山だ。まるで中身すべてが、煙となって消えてしまったかのように。

「首から下が見当たりませんね。となると、犯人の手で持ち去られたんでしょうか」

ぽつりと皓が呟いた、その直後。

「……璃子」

か細く、弱々しい声がした。一冴だ。

ふらっと血溜まりに踏みこもうとして、その腕を「よせ」と紫朗がつかんで止める。

しかし、激しい拒絶の仕草で払いのけると、生首のすぐ手前まで歩み寄って――そこで膝《ひざ》の力が抜けたように、ずるずると座りこんでしまった。

まるで手をのばそうとした瞬間、神経がバラバラになってしまったように。

（……見てられないな）

思わず青児が目をそらした、その時。

「ひぃっ！」

警笛めいた悲鳴が上がった。霜邑さんだ。

茫然《ぼうぜん》と立ち尽くした彼の腕には、たった今、車椅子から抱え上げたらしい璃子さんの血まみれのドレスがある。

そして。

「そんな」

車椅子の座面に――小指があった。

切断面に、赤黒く凝固した血液がこびりついている。そして、付け根の辺りに、赤インクの染みにも似た小さな痣《あざ》。もしや火傷痕《やけどあと》なのだろうか。

「……璃子のだ」

虚《うつ》ろな声で一冴がうめいた。

直後、よろめきながら霜邑さんが退室する。

扉越しに聞こえた嘔吐《おうと》は、やがて押し殺した嗚咽《おえつ》に変わった。介抱すべきなのかもしれないが、一体どんな言葉をかけたものだろうか。

と、その時。

「まるで〈日本霊異記《にほんりょういき》〉の〈女人悪鬼に點《しに》かれて食噉《は》まるる縁《えに》〉ですね」

ぽつりと皓の呟きが聞こえてきた。はて、何のことだろう。

「〈日本霊異記〉というのは、平安時代に編纂《へんさん》された仏教説話集です。その中巻三十三話に鬼啖《おにぐい》の話があって、万《よろず》の子と呼ばれる世にも美しい女が、人の男に化けた鬼に喰い殺されてしまうんですね——それも、頭と小指一本だけを残して」

なるほど、確かにそっくりだ。

と、不意に皓の唇が、童謡めいたフレーズを口ずさんだ。

お前を嫁にというは誰。あむちのこむちの万の子。

南無や危いそのようす。仙さかもさかも持ちすすり。

法を申すは山ひじり。まことにまことにご愁傷。

「その鬼啖の事件が起こる前に、巷《ちまた》で流行《はや》った唄《うた》だそうです。昔は童謡と書いてワザウタと読み、作者不明の流行歌は、神が人の口を借りて行う予言とされたんですね」

なるほど、災いの予兆という点では、例の心霊写真と似たようなものか。

「果たして、神の御業か、鬼の悪さか——原文では〈神怪《かみ》か、鬼唉《おに》か〉とありますが、現代では鬼の人喰譚《ひとくいたん》として伝わってますね」

「ええと、鬼って言うと、頭に角があって、虎皮の褌《ふんどし》をはいて、顔の真っ赤な」

「ふふ、あれは室町《むろまち》時代の絵師、狩野元信《かのうもとのぶ》の創作とも言われてますね。元来、鬼とは隠《おぬ》から転じたものであった——つまり姿の見えないものだったんです」

「え、ならどうして鬼の仕業ってわかるんですか？」

「そうですねえ。怪異としての鬼の特性は〈人喰い〉だとも言えますが、もともとは狼や犬による咬殺《こうさつ》事件から生まれたとする説もあるんですね」

「と言うと？」

「中世、獣による食人は今よりもずっと身近なものだったんです。しかし標的となるのは、行き倒れた病人や旅人、捨てられた赤ん坊や老人がほとんどだったんですね」

ふむ、もれなく青児も喰われそうだ。

「そして〈それ以外〉の人々が、狼や犬によって喰い殺された時、その惨《むご》たらしい死体の有り様を見て、人々は鬼を想起したんです。一体、何者の仕業なのか。もしや狼や犬ではないのなら——と考えた結果、原因を鬼に求めたんです」

「何と言うか、鬼からすると濡《ぬ》れ衣《ぎぬ》ですよね」

「ふふ、そうですね。〈それをかく鬼とはいふなりけり〉――人は〈わからないもの〉を闇雲に恐れる習性がありますからね、鬼の仕業にすることで一つの理解としたんですよ。たとえば源頼光《みなもとのよりみつ》に退治された〈酒呑童子《しゅてんどうじ》〉や〈土蜘蛛《つちぐも》〉といった鬼も、その正体は朝廷の支配下にくだることを拒んだ土豪《どごう》だったと伝わっていますね」

ふむふむ、と青児が相槌《あいづち》を打っていると、

「おそらく僕も鬼の一人なんでしょうね。人と魔族、どちらにとっても」

そんな独り言めいた呟《つぶや》きが聞こえてきた。

自嘲《じちょう》、と呼ぶには、淋《さび》しげなような。

「あの、皓さ――」

思わず青児が声をかけようとした、その時。

「さて、いい加減、僕らも現場検証しましょうか。棘さんの方は、とっくに終わってるようですし」

「そ、それを早く言ってください！」

不意に冷たい視線を感じて振り向くと、霜邑さんたちの手前、他人のフリをしているらしい緋少年が、ジト目でこちらをにらんでいた。

……マ、マズイ。

「えーと、窓が開いてるってことは、犯人はここから逃げたんでしょうか」

それっぽいことを言って取り繕いつつ、にゅっと窓から頭を突き出した。

途端、ごおっと正面から湿った風が吹きつける。が、危惧《きぐ》した雨はないようだ。やはり台風の目に入ったらしい。

そして。

「げっ！」

「ふふふ、これはさすがに逃げられませんね」

スマホのライトに浮かび上がったのは、垂直に切り立つ岩肌だった。

打ち寄せる波に削られて、あちこち鋭く尖《とが》っている。見たところ、足場もなければロープをかける突起もない。這《は》い降りるのは不可能なようだ。

「これって、落ちたら命はないですよね」

ぎらぎら光る波頭は、巨大な怪物の顎《あぎと》のようだ。うっかり呑《の》みこまれたが最後、一息に海底まで引きずりこまれて、二度と浮かばないこともありえると。

「ん？　さっきから何してるんです？」

「うーん、ちょっと手前の鎧戸《よろいど》が気になりまして」

別館の客室と同じ、両開きの鎧戸だ。真ん中についた掛け金で施錠するタイプで、樫《かし》の一枚板で作られている。

前に見た時は閉まっていたから、おそらく犯人が開けたのだろう。しかし手形や血痕《けっこん》の類《たぐい》は見当たらない。別段、おかしなところはなさそうだが。

「ほら、下の方から、ぽたぽた水が滴ってますよね？」

「あ、本当だ。裏側が雨で濡れてるんですね」

と、顎に手を当てた皓が、ふむ、と考えこむ顔をして、

「奥にあるガラス窓の方も見てみましょうか」

こちらは、二枚のガラス戸を横滑りさせて開くタイプの、よくある引き違い窓だった。今は左側のガラス戸が開け放たれて、四角い暗闇を覗《のぞ》かせている。

「室内側は、左右どちらも濡れてませんね」

「はあ、みたいですね」

「じゃあ、裏側はどうなんでしょう？」

うながされた青児は、再びにゅっと上半身を突き出して、

「ええと、左の方は濡れてますね」

「じゃあ、反対の右側は？」

「ちょっと待ってください……濡れてませんね、乾いてます」

返事を聞いて、うーん、と皓は腕組みをした。そして、ことりと首を傾げて、

「となると、どうもおかしいですね」

「え？　けど、こうやって左側のガラス戸が開いてたなら、右側のガラス戸はその後ろに入りこみますし、濡れてなくて当然ですよね？」

「ふふふ、青児さんならそう言うでしょうねえ」

憐みの眼差《まなざ》しで、よしよし、と頭を撫《な》でられてしまった。

……無性に噛《か》みつきたいのは、果たして気の迷いだろうか。

と、その時。

(あれ？　そもそも、おかしいと言えば)

どくん、と心臓が鳴る。

気づいてしまったからだ。思えば、ずいぶん今さらではあるのだが。

「あの、この現場って、もしかして密室なんですか？」

訊《たず》ねると、おや、と皓は一つ瞬《まばた》きをして、

「どうしてそう思ったんです？」

「いや、だって、扉には鍵《かぎ》がかかってたんですよね？　つまり犯人の逃げ場所はこの窓だけで、その下が断崖《だんがい》絶壁ってなると――」

しかし、皆まで言い終わるよりも先に、

「馬鹿言ってんじゃねえぞ、肝心な奴を忘れてんだろうが」

吐き捨てる声で一冴が言った。予想に反して乾いた目は、獣じみた光を放っている。

「幸次だ！　璃子の親爺《おやじ》だよ！　アイツなら、どの部屋の鍵でも持ってるだろうが！」

確かに。もしも幸次氏が犯人なら、密室も何もあったものではない。

けれど。

「さて、まず確認させてください。僕と青児さんと霜邑さんの三人が、最後に璃子さんの無事を確認したのが、午前一時。それからすぐに一冴さんたちと合流しています。その間、そちらの四人はずっと応接間にいたんですか？」

「ああ、最低でも一時間前から。あの坊主は確か三十分前だな」

「なるほど。璃子さんの部屋から物音が聞こえたのが、午前一時半。この時、七人全員が応接間に集まっていた——つまり、互いのアリバイは確認済みなわけですね」

となると犯人は、消去法で幸次氏一人だ。

けれど。

「くそ、どこ行った！　引きずり出して殺してやる！」

「おい、馬鹿、まさか独りで行く気か！　相手は凶器を持った人殺しだぞ！」

「うるせえ！」

火のついた激しさで兄弟が怒鳴り合う。

飛び交う怒号を聞きながら、青児は激しい動悸《どうき》に襲われていた。上顎《うわあご》に舌が張りついて剝《は》がれない。からからに渇いた喉《のど》を鳴らして、ごくりと唾《つば》を呑みこむと、

「けれど、幸次さんは——」

死んでいるのだ。それも首無し死体になって。

思わず言ってしまいそうになって、すんでに言葉を呑みこんだ。

——なぜなら、死体がどこにもないのだ。

それに、もしも青児の目にした首無し死体が、まぎれもない〈現実〉だとすると、璃子さんが殺害された時点で、すでに幸次氏は死亡していたことになる。

つまり残された七人の中に、父子を殺した犯人がいるのだ。

なのに。

「どう見えますか？」

ふと耳元で囁《ささや》くように皓が言った。

「青児さんの左目ですよ。僕らを除いた五人の中で、妖怪《ようかい》に変わった人はいますか？」

ああ、そうだ。

この中に、確かに人喰《ひとく》いの鬼がいるのだ。

——そのはずなのに。

「いません」

答えを口にするのに時間がかかった。

そして、途方に暮れた顔で首を振った青児は、ようやく声を絞り出すと、

「この中の誰一人として、妖怪に変わった人がいないんです」

しばらくして皓から返ってきたのは、あまりに予想通りの一言だった。

「おやおや」

……ですよねー。

＊

どうにも頭の痛い状況である。

もしも青児の左目の力を信じるなら、残された七人の中に璃子さんを殺した犯人は存在しないことになる。となると犯人は、唯一アリバイのない幸次氏をおいて他にない。

しかし、それでは璃子さんの生首が発見される前に、青児が幸次氏の首無し死体を目撃したことと矛盾するのだ。

つまり、たとえどちらの情報が正しくても、必ず一方は間違っていることになる。

（やっぱり半月前の怪我がもとで、左目が故障したんだろうか）

もしも他の可能性があるとすれば——。

「僕たち以外の誰か、つまり外部から侵入した人物が、この島にひそんでいる可能性はないんでしょうか？」

「限りなくゼロに近いかと。島内に不審者の侵入があった場合、屋外用の人感センサーが反応して、邸内の警報機が作動するはずですから」

皓の問いかけに、長椅子に座った霜邑さんは沈痛な面持ちで首を振った。膝《ひざ》の間に置かれた手が、未《いま》だに震えているのが痛々しい。

「もともと撮影スポットとして有名だったこともあって、今なおアポイント無しで押しかける見物人が後を絶たないんです。そのため、幸次様のご指示で」

もちろん入り江の船着き場も監視エリアだそうだ。なるほど、それで海上タクシーで乗りつけた時、すぐさま出迎えがあったわけか。

さらに島のぐるりが断崖絶壁になっているせいで、入り江の船着き場を除けば、外部からの侵入は実質的に不可能だ。良くも悪くも、外部犯の線は消えたらしい。

と、こそっと皓の耳打ちがあって、

「どうも厳重すぎますね」

同感だ。印象としては刑務所に近い。外からの侵入を拒むと言うより、内からの脱出を阻んでいるような。

「何にせよ、今は待つしかありませんね」

皓少年の呟《つぶや》きに、霜邑さんは再び力なくうなだれた。

時刻は、深夜三時半。場所は、本館一階の応接間だ。

——あれから。

警察に通報したものの、案の定、台風のせいで夜明けまで到着は持ち越しとなった。

かくて現場となった部屋は封鎖され、一冴を陣頭として大捜索が開始された。

しかし、邸内のあらゆる場所——それこそベッド下や浴槽の中まで隈《くま》なく捜し回ったものの、幸次氏の姿はおろか、痕跡《こんせき》さえつかむことができなかった。

ぐったり疲れた青児と皓は、ちゃっかり抜けてきたらしい緋と一緒に応接間に戻った。

一冴と紫朗、それから棘の三人は、さらに捜索を続けるようだ。

一方、体調不良を理由に応接間で休んでいた霜邑さんは、青児たちが戻るや否や、すかさずお茶を淹《い》れようとしたので慌てて止めた。さすがの執事魂である。

「幸次さん、早く見つかるといいですね」

「え、まさか本気で言ってます？」

何気なく呟いた青児に、あからさまに小馬鹿にした調子で緋が言った。

むっとにらむと、あは、と半笑いで肩をすくめて、

「だって、どうせ死んでますよね」

「え？」

ちょっと待て。

幸次氏の首無し死体の件を緋は知らないはずなのに。

「あの、どうして――」

そう青児が訊ねようとした、その時。

バン、と激しい勢いで扉が開いた。

現れたのは、レインコート姿の一冴だった。背後に、ぐったりやつれた顔の紫朗が続く。二人とも一気に十歳は老けこんだ印象だ。

と、荒々しく霜邑さんに歩み寄った一冴が、その胸倉をつかみ上げて、

「おい、よせ」

慌てて止めた紫朗にかまわず、力任せに揺さぶった。

「隠し部屋はどこだ！」

獣のように一冴が吠《ほ》える。

「昔、あの変態がこの屋敷に作ったっていう隠し部屋だよ！　これだけ捜して見つからなけりゃ、そこに隠れてる以外にねえだろ！」

鬼気迫る剣幕だ。

もしも今、目の前に幸次氏が現れたら、即座に殴り殺しかねない様子に見える。

「噂でなら聞いたことがあります。ただ幸次様の口からうかがったことは一度も――」

「信じられるか！」

すかさず怒号が上がった。

見かねた紫朗が、無理やり一冴の腕を霜邑さんから引きはがして、

「いい加減にしろ！　今度はお前が人殺しになるつもりか！」

「うるせえ、黙ってろ！」

と、その時。

突然、ぷっと緋少年が吹き出した。そして、こらえきれないと言わんばかりに、クスクス肩を震わせながら、

「やだなあ、揃いも揃って馬鹿みたいに。幸次さんがどこかって？　そりゃあ今頃、地獄の一丁目なんじゃないですか？」

「だって、現場に生首が置きっ放しだったんですよね？　わざわざ内側から鍵《かぎ》までかけたんなら、自分がやったって宣言してるのと同じですよ。つまり、逃げも隠れもする気なし。なのに幸次さんの姿が見えないんですよね？」

「はあ？　おいチビ、お前一体何を──」

意を得たように緋がうそぶいた。

「それなら、窓から身投げしたに決まってるじゃないですか」

無邪気であるがゆえに、なおさら禍々《まがまが》しい声で。

一瞬、その場にいる全員の呼吸が止まった。

（ああ、そうか）

断崖《だんがい》絶壁に向かって開け放たれた、あの暗い窓。

もしも、あの奥に広がる暗闇こそが、犯人の逃げ場所だったとしたら。

つまり、それは──自殺、ということなのか。

「……おや、着信が。霜邑さんの携帯ですね」

皓の言葉通り、霜邑さんの胸ポケットからスマホの振動音が聞こえた。慌てて取り出した霜邑さんは、直後にはっと目を見開いて、

「……幸次様」

さっと空気が張りつめたのがわかった。

と、震える手でメールを開いた霜邑さんが、ごと、とスマホを取り落とした。蒼《あお》ざめ

た顔は、もはや紙の白さだ。

　その直後に。

「失礼しまーす」

　さっとスマホを拾い上げた緋が、ふんふん頷《うなず》きつつ画面をスクロールさせると、

「えーと、遺書ですね」

「はあ？」

　叫んだ一冴がスマホを奪い取った。

　すると緋は、ひょいっと軽く肩をすくめて、

「送信時刻は午前一時半。ちょうど二階から物音が聞こえた頃です。で、内容は――」

　それは罪の告白と懺悔《ざんげ》――そして狂気の独白だった。

　遺書によれば。

　すべての始まりは、やはり十年前に起こった玻璃さんの転落事故だったそうだ。

　いや、事故――と呼べるのだろうか。

　あの嵐の夜、夫婦の寝室で晩酌していた玻璃さんは、アルコールの後押しもあって、ついに幸次氏に離婚の件を切り出した。しかし、激昂《げきこう》した幸次氏が暴力に及ぼうとしたせいで、階下に逃げようとした玻璃さんは、玄関ホールの大階段で足を滑らせ、そのまま帰らぬ人となってしまった。

　しかし、悲劇はそれで終わらなかったのだ。

現場で一部始終を目撃した璃子さんが、

〈お父さんのせいでお母さんが死んだ！　この人殺し！〉

気がつくと幸次氏は、璃子さんの口を手で塞《ふさ》いでいた。そして、それが窒息をともなう危険な行為だと気づいたのは、駆けつけた萩医師に制止されてからだった。

璃子さんは死ななかった。

けれど心は死んでしまったのだ。

萩医師は〈解離性昏迷《こんめい》〉という診断を下し、その原因が実父に殺されかかったことにあるという事実をひた隠しにした。

それから十年。

依然として璃子さんの意識は戻らないまま、月日だけが過ぎて行った。

幸次氏にとっては──ただ、幸福なままに。

〈心を失ったことで、ようやく璃子は完全になった。今やただ一つの私の作品として〉

遺書となったメールには、そんな言葉が残されていた。

そして幸次氏は、そんな二人の関係を永遠のものにしようとしたのだ。一冴が呼んだ探偵の手で罪を暴かれてしまう前に。璃子さんと二人、嵐の海に飛び降りることで。

そして。

〈これから君に、璃子の頭部と──唯一不完全な部位である左手の小指を残していく。扉には鍵をかけたから、どうか甥《おい》たちに気づかれる前に、君の手で回収してくれ。小指

は捨てて、できれば頭部の方は、ホルマリン漬けにして手元に置いて欲しい。これが私という人形作家の遺作になるのだから〉

メールの最後は、そんな一文で結ばれていた。

それきり、沈黙が落ちた。

息をするのもはばかられるような沈黙だった。

「あの小指は……」

肺の空気を絞り出すように、ぽつりと一冴が呟いた。

「子供の頃に、璃子が自分で焼いたんだ。自分を人形扱いする父親に反発して、この傷がある限り、私は私だ、人形なんかじゃないって、そう言って」

半ばで声が震え出し、やがて途切れた。

そして一冴は、眼球に爪を立てるように顔を覆って、

「ちくしょうっ」

嗚咽《おえつ》を噛《か》み殺した呟きは、獣の慟哭《どうこく》以上に痛々しく聞こえた。

こうして一人の生き人形師の死によって事件の幕は下りたのだ。

＊

外はまだ嵐だ。

しかしホテル・イゾラ・ベッラは、抜け殻じみた静寂に包まれている。

たった一晩で、この島は二人の住人を失ったのだ。

一人は殺人事件の犠牲者として。

そしてもう一人は、その犯人として——自殺したのだ。

結局、魔界の王子二人が裁きを下すまでもなく、自ら地獄に堕《お》ちたことになる。対戦者である棘や皓はもちろん、審判役の篁さんも完全な無駄足だ。果たして、今回は引き分けになるのだろうか。

（いや、違う。そうじゃなくて）

本質的に、犯人が地獄に堕ちるか否かは、きっと被害者とは無関係なのだ。

殺されてしまった、死んでしまった——もう生き返らない。この事実は、どうしたって取り返しがつかないのだから。

けれど、それでも。

（この結末は、あんまりじゃないだろうか）

そう青児が、何度目になるかわからない溜息《ためいき》を吐いた、その時だった。

「さて、青児さん。そろそろ僕らは推理再開と行きましょうか」

……はて、今おかしなことを聞いたような。

「え、ちょ、ちょょっと待った！　推理も何も、幸次さんは死んでますよね？」

「ええ。けれど、真犯人は別にいますから」

「はああっ！」

思わず叫んでしまった青児に対して、

「ですよね？　僕もそう思います！」

気がつくと、目の前ににっこり笑った緋少年がいた。雇い主の霜邑さんが自室で休んでいるせいか、これ幸いと他人のフリを止めたようだ。

「現場に行くんですか？　行きますよね？　もちろん、僕もご一緒します！」

果たして、何がどうしてこうなったのか。

ウキウキ顔の緋少年を連れて、皓と二階の現場に向かうと、

「うわ、臭いが……けど、見た感じ、さっきと全然変わってないですね」

遅れてやって来る警察のために、現場を保存しているのだろう。雨の浸入を防ぐために、鎧戸《よろいど》がぴたりと閉ざされている他は、以前とまったく変わらない様子だ。

床に広がったどす黒い血溜《だ》まりが、天井灯を反射してぬらぬらと光って、いっそう毒々しさを増して見える。

そして。

「まず初めに、僕は幸次さんの遺書は偽物だと思っています」

ゆっくり現場を眺め渡して、皓少年がそう言った。

「もしもメールの内容が真実だとすると、現場に不自然な点が多すぎるんです。さて、

「一体どこかわかりますか？」

　はーい、と元気よく緋少年の手が挙がる。ほとんど学校ごっこだ。

「まずは血痕《けっこん》ですね！　車椅子を中心に、綺麗《きれい》な円形になってます。けど、ちょっとばかし綺麗すぎなんですよ」

　待ってました、と言わんばかりの口上だ。さすが兄弟と言うべきか、皓に似て滑らかな話しぶりである。

「この部屋の中で、生きたまま首をズバッとやったんなら、壁や天井にまで血痕がないとおかしいですよね？　しかも、足跡や手形なんかも見当たらないし」

　確かにそうだ。

　遺書の通りなら、幸次氏はこの部屋で璃子さんの首を切り落とし、その裸体を抱いて窓から身を投げたことになる——おそらく手足を血まみれにしたままで。

　なのに床や天井、窓枠にまで血痕がないのは、いくら何でもおかしいだろう。

「しかも、床の血溜まりが全っ然固まってませんよね？　なのに、ほら、生首の切断面についた血は、どす黒く凝固してます。てことは、クエン酸ナトリウムなんかの薬品がまぜられてるんじゃないですか？」

「く、くえ……？」

　と青児が目を白黒させると、すかさず皓から注釈が入った。

「クエン酸ナトリウム。血液検査などで用いられる抗凝固剤です。怪我をすると、瘡蓋《かさぶた》ができて血が止まりますよね？　あれは血液の凝固作用によって起こるんです。クエン酸ナトリウムは、それを止めるための薬ですよ」

どうも弟から兄へと説明役が交代となったようで、

「つまり、この血溜まりの血液は、現場の細工のためにあらかじめ用意されていた可能性が高いんです。もしかすると輸血用なのかもしれませんね」

「けど一体何のために？」

「まず言えるのは、璃子さんの殺害場所は、おそらくこの部屋ではないんでしょう。どこか別の場所で殺害されて、この部屋の中に運びこまれたんです。床の血溜まりは、それを誤魔化すための偽装工作とも言えますね」

「あの、けど、ちょっと無理があるんじゃ」

思わず横から待ったをかけてしまった。

「深夜一時ぐらいに、俺と皓さんと霜邑さんでこの部屋を訪ねて、璃子さんの無事な姿を確認してますよね？　で、生首を発見したのが深夜一時半——三十分しかありません。その間に璃子さんを外に連れ出して殺害し、また運びこんだってことですか？」

「ふふふ、青児さんならそう言うでしょうねえ」

「え、だって他に考えようが——いや、けど、それだと七人全員にアリバイがあることになるから、やっぱり犯人は幸次さんに」

こんがらがった頭を抱えて青児がうめくと、よしよし、と皓に頭を撫《な》でられた。

「では、答えを言いましょう。僕たちが最後に璃子さんの姿を確認した深夜一時——実は、あの時点ですでに璃子さんは殺されていたんです。僕らが見たのは、璃子さん、い、い、い、い、死体だったんですよ」

そんな馬鹿な、と言いたいのに、喉《のど》を絞められたように声を出せなかった。

と、見かねたように皓が指を一本立てて、

「ちょっと思い出してみてください。当時、僕たちが目にした璃子さんの姿には、不自然な点がありましたよね？」

「え、どこですか？」

「服装ですよ。昼間の璃子さんは、半袖《はんそで》のサマーワンピース姿でした。なのに、打って変わって長袖《ながそで》のブラウスにコルセットスカート——冷房のとまった停電の夜の装いとしては、はなはだ不適切なんですよ」

確かに。あまりに人形然としていたので違和感はなかったが、普通なら熱中症だ。

「なら、璃子さんはどうしてわざわざあんな格好をさせられたのか？　おそらく極端に露出の少ない服装をさせることで〈中身〉を隠すためだったと考えられます」

……中身？

「つまり僕らが最後に目にした璃子さんは、胴体の部分が〈中に血液の詰まった人型の容器〉でできてたんですね。要はマネキン人形のような見た目をしたウォーターパックだったんです」

つまりは〈人型をした水風船〉なのだろうか。しかも中身は水でなしに、抗凝固剤を加えた血液なのだ。

これをマネキン人形に見立てて車椅子に座らせ、長袖のブラウスやコルセットスカートで飾り立てれば——なるほど、遠目には違和感なく見えるだろう。

しかし、できれば信じたくないような、鬼の所業だ。

と、皓の推理にうんうん相槌《あいづち》を打っていた緋が、不意にポンと手を叩《たた》いて、

「あ、そうか！　血液の密度は一グラム＝一立方センチメートルに近いですもんね。たとえば身長一五〇センチぐらいの璃子さんの体重を四十キログラムと想定すると、体積は四十リットル——なるほど、ちょうどこのぐらいの量ですね」

しみじみ感心した声で言った。どうしてリットル当たりの血液が目分量でわかるのか気になるが、触らぬ神に祟《たた》りなしだ。

「あの、けど、体の方はそれで誤魔化せるとして、璃子さんの顔は——」

「そんなの、本物を使えばいいじゃないですか」

事もなげに肩をすくめて緋少年が言った。

「別の場所で切り落とした璃子さんの生首をツクリモノの胴体の上にのせたんですよ。当然、血抜きは終わってますし、鼻や耳なんかに詰め物すれば、それ以外の液漏れも防げますしね。しかも停電で薄暗くなってましたから、死臭にさえ気づかれなければ、まず誤魔化せると思いますよ」

一瞬、頭の中が真っ白になった。

血抜き、液漏れ、死臭――そんな単語を理解した途端、ぐるっと胃袋の裏返るような吐き気に襲われ、とっさに青児は口元を押さえる。

しかし緋少年は、そんな青児の様子など一切頓着《とんちゃく》せずに、

「たぶん、あの暑っ苦しい立ち襟のブラウスやジャボタイは、生首と胴体のつなぎ目を隠すためですよね。でもって犯人は、最後に針状のもので胴体部分に穴をあけたんです。すると中の液体が少しずつ外にこぼれ出して、まるで水風船がしぼむみたいに、しゅるしゅる凹《へこ》んでいきます。そして、やがて支えを失った生首は、ごろりと車椅子から転がり落ちて――」

どん、と床にぶつかって音を立てたわけか。

では、霜邑さんのハーブティを堪能《たんのう》していた午前一時半、頭上から聞こえたあの物音は、璃子さんの生首が床に落下した音だったのか。

「さて、次に現場の窓についてです」

と、横から皓少年が言葉を継いだ。

「僕らが初めて現場を訪ねた深夜一時頃には、奥の鎧戸はきちんと閉じられた状態でした。しかし三十分後、璃子さんの生首が発見された際には、手前の鎧戸《よろいど》が全開だったのは無論、その奥の引き違い窓も左側を引き開けられた状態にありました。このことから、僕らが応接間に集まっていた三十分間に、現場に侵入した何者かが、璃子さんを殺害し

て窓を開けたと考えられたわけですが——」

「え、違うんですか？」

「やはり窓に血痕がないのは不自然ですね。それに、おかしな点がもう一つ——窓の濡《ぬ》れ方ですよ」

「あ」

そう言えば、やたらと皓が窓を気にしていたような。

「さて一つ問題を出しましょう。深夜一時から一時半までの三十分間、台風の目に入ったことで、雨は小休止状態にありました。その間に犯人が現場の窓を開け放ったとすると、屋外に面した引き違い窓と、その内側についた鎧戸は、それぞれどんな濡れ方をするでしょうか？」

「え、どんなって」

考えるまでもない。

まず奥の引き違い窓は、台風の目に入るまでの間ずっと、横殴りの雨にさらされ続けてきたのだ。当然、屋外側のガラスは雨でずぶ濡れになっている。逆に室内側は乾いているはずだ。そして鎧戸の場合、万が一にも雨に濡れる可能性は——。

——ん、待てよ？

「そう、現場は逆の状態だったんです」

愕然《がくぜん》と目をみはった青児に、皓はあっさり頷《うなず》き返して、

「さっき青児さんに確かめてもらった通りですね。本来、濡れているはずのない鎧戸が床に雫《しずく》を滴らせていた――つまり、本来は閉じているはずの引き違い窓が、実際は開いていたことになります。それも左側のガラス戸だけ濡れていたことを考えると、台風によって雨が降り始める前から、すでにあの状態だったわけですね」

なるほど。

確かに、雨の降り出す前に左側のガラス戸を開けておけば、右側のガラス戸はその後ろに入りこむので、雨に濡れるはずもない。

けれど。

「待ってください！　深夜一時頃、俺たちが璃子さんの姿を確認した時には、窓はきちんと閉まってて」

「ええ。ただし、鎧戸だけね。つまり僕たちは、手前の鎧戸が閉じられているのを見て、奥の引き違い窓まで施錠されているものと思いこまされてしまったんですよ」

確かに。この部屋の鎧戸は、頑丈な樫《かし》の一枚板だ。ぴたりと閉じて掛け金をかければ、たとえ奥の引き違い窓が開いていても、隙間から雨風が吹きこむ心配はない。

「さて、結論を言いましょう。つまり犯人は、台風の目に入った頃合いを見計らって、鎧戸の施錠を確認するフリをしつつ、ひそかに掛け金を外したんですね。後は、台風の目から外れるか、風向きの変わるタイミングを待てば、室内が無人の状態のまま、自然と鎧戸が開くわけです」

ああ、そうか。

現場で生首を発見したあの時、窓から頭を突き出した青児に、ごうっと正面から風が吹きつけたのを覚えている。

つまり、あの風こそが、ひそかに鎧戸を開け放った共犯者だったのか。

「けれど、それじゃあ」

どくん、と心臓の鼓動がはねる。もしも皓の推理が正しければ、一連の仕掛けが可能な人物は、たった一人しかいないではないか。

「つまり深夜一時の時点で、犯人のしたことは次の三つです。まず一つ目は、同行者の僕たちに璃子さんの無事な姿を確認させること。二つ目は、台風の目に入るタイミングで、施錠を確認するフリをしつつ、鎧戸の掛け金を外したこと。そして三つ目は、喉元のブローチをとめ直すフリをして、璃子さんの胴体部分に穴を開けたことです」

ようやく――。

口蓋《こうがい》にへばりついた舌を動かして、青児はごくりと唾《つば》を呑《の》みこんだ。

「まさか、犯人は霜邑さんなんですか？」

「ええ、そのまさかですね」

至極あっさりと皓は断言してみせた。

「犯人が霜邑さんだとすると、どうして璃子さんの首と小指を切断する必要があったのか、その理由も明白になりますね。つまり手品で言うところのミスディレクションだっ

「要は〈手品のタネ〉を回収するための仕掛けだったんですね。現場に踏みこんだ僕らの注意は、まず真っ先に床の生首に集中します。その隙に車椅子まで駆け寄って、すっかりしぼんだ〈血液人形〉をドレスごと抱え上げたわけです。そのタイミングで、あらかじめ座面の上に置かれていた小指を見て悲鳴を上げます。そして、今度は僕たちの注意が小指にそれた隙に、現場から脱出したんです」

「め、目くらまし？」

たんですよ。要は、観客の注意を引くための目くらましです」

そうだ。

確かにあの時、腕に璃子さんのドレスを抱えた霜邑さんは、蒼白《そうはく》な顔で部屋を飛び出して——しばらく戻って来なかった。

その後も、体調不良を理由に一人応接間で休んでいる。その隙に、最大の証拠品であるドレスをどこかに処分したわけか。

と、不意に。

「よーし、これで決まりですね！」

パチン、と緋少年の指が鳴った。

「なーんだ、思ったより全然呆気《あっけ》なかったなあ。じゃあ後は、霜邑さんをとっ捕まえておしまいですね！　自室で休んでるはずですけど、たぶん今頃、逃亡準備中じゃないかな。僕、捜して来ます！」

言うが早いか、踵《きびす》を返して戸口に向かう。途中、にっこり青児を振り向くと、

「何にせよ、これで僕の方が有能だってわかりましたよね？　ま、これで少しは身の程ってもんがわかったんじゃないですか？　依願退職するなら今の内ですよ。せいぜいゴミの日に捨てられる前にね」

囀《さえず》るように、嘲《あざけ》るように。

青児に向かって言い捨てて、意気揚々と退室していった。


「……おや、メールですか」

不意に皓が懐からスマホを取り出した。先ほど送ったメールの返信が届いたのか、さっと文面に目を通して「ふふふ」と笑っている。

……というか不気味だ。

(うん？　ちょっと待てよ)

どうもこの表情には見覚えがある。

確かこれは――悪巧《わるだく》みをしている時の顔だ。

「すみませんが、もう少しスマホをお借りしますね。ようやくメールの送受信がスムーズになったようで。あ、そろそろインターネットも使えそうですよ」

「ああ、そうだ！」

思い出した。

「あの、実は皓さんに見せたいものがあって」

善は急げとスマホを取り返して、閲覧履歴から例のオカルト掲示板を表示する。見覚えのあるURLをクリックすると、セピア色がかった週刊誌の見開きページが現れた。

「おや、もしかして例の心霊写真ですか？」

「ええ、まあ……もう今さらだとは思うんですけど」

再び青児からスマホを受け取った皓が、まじまじ画面を凝視する。

すると。

「え、ど、どうしたんですか？」

突然、顔をうつむけて小刻みに肩を震わせ始めた。一見、唐突に泣き出したようにも見えるのだが。

――ふふふふふふふ。

と聞こえてきたところからして、どうも笑っているらしい。

……どうしよう、怖すぎる。

「お手柄ですね、青児さん」

未《いま》だかつてない上機嫌でそう言って、よしよし、と皓は青児の頭を撫《な》でた。

そして。

「最後の最後で、青児さんの逆転勝ちですね」

「え？」

「ありがとうございます。これで最後のピースが揃いました」

＊

向かった先は図書室だった。

虚《うつ》ろに静まり返った室内には、革の本の放つ独特の匂いが澱《おり》のように堆積《たいせき》している。

そして、かつて青児が首無し死体を目にしたその場所に立って、

「さて、青児さんの見た死体の件ですが」

と出し抜けに皓がそう切り出した。

「まず前提として、青児さんの見たものは、すべて正しかったと仮定しましょう。つまり青児さんの迷子になった深夜零時、この場所には確かに首無し死体があったんです」

へ、と間抜けな声を出してしまった。

「ちょ、ちょっと待ってください！　さっき壁にも床にも血痕《けっこん》がない上に、絨毯《じゅうたん》を入れ替えた形跡もないって皓さんが」

「ええ、確かにその通りです。今見える範囲に限った話ですがね」

はて、どうも意味深だ。

「さて、まず当時の流れをおさらいしましょう。本館の応接間に向かう途中で迷子になった青児さんは、扉越しの物音を聞きつけて、この図書室の中に迷いこみます。そして、

鏡に映った〈柱時計の手前に倒れた首無し死体〉を見て、矢も楯《たて》もたまらずに逃げ出した――と、だいたいこんな感じですね？」

「はあ、そうです」

「つまり青児さんが目撃したのは、あくまで〈鏡に映った首無し死体〉なんですね。振り向いて、その目で直接確認したわけではないんです」

はて、おかしなことを。

「けど、鏡に映ってたなら、実際そこにあったんですよね？」

「ふふふ、さあ、どうでしょうか」

言いながら鏡の脇に移動した皓は、ちょいちょい、と青児を手招きして、

「さて、青児さん。もう一度この場所に立って、鏡に映ったものを教えてください」

はてな、と首を傾げつつ、ドナドナ鏡の正面に立った。

できれば二度と拝みたくないが、雇い主命令である以上、背に腹は代えられまい。えいままよ、と腹をくくって、正面から覗《のぞ》きこむと、

「ええと、まずは正面に立っている俺と、床の絨毯と壁の本棚、それから――」

直後、ぽかんと口を開けてしまった。

――気づいてしまったのだ。

「そう、深夜零時、青児さんの見たものは、本来〈ありえないもの〉だったんです。つまり、鏡に映った柱時計ですね。あれは鏡の向かい側――青児さんと鏡の、ちょうど直

線上に位置してるんです。となると本来なら、青児さんの体に遮られて、鏡には映らないはずなんですよ」

確かに。

今、正面から見た鏡の中に、柱時計の姿はなかった。皓の言う通り、その手前に立った青児の背中に、すっかり隠れてしまっている。

「つまり例の心霊写真と同じに、当時、青児さんの姿は鏡に映ってなかったんです」

そんな馬鹿な、と否定しようとして、はたと気づいた。

――ありえる。

あの時、首無し死体を目撃した一瞬後には、図書室の外に逃げ出している。たとえ鏡に自分の姿が映っていなかったとしても、果たして気づくことができたかどうか。

「さて、どうしてそんなことになったのか、答えはこの心霊写真にあるんです」

差し出されたスマホには、先ほど青児の見つけた週刊誌の見開きページがあった。

撮影場所は、図書室。鏡の前に立った小柄な女性――おそらく玻璃さんだ――を、斜め後ろのアングルから撮った一枚だ。

そして。

「さて、この写真を見て、何か違和感を覚えませんか？」

「いえ、玻璃さんの姿が鏡に映っていないこと以外……って、あああ！」

一拍置いて青児も気づいた。

鏡に映っている柱時計が、明らかにおかしい。

「そう、文字盤の数字ですね。鏡像であるにもかかわらず、正位置のままなんですよ。ローマ数字なので一見気づきにくいんですが、他の家具が左右反転しているにもかかわらず、この柱時計だけが実像と同じなんです」

「け、けど一体、どうして」

「実は、この写真そのものが〈間違い探しクイズ〉になってるんです。そして、出題者である幸次さんが、この写真を通じて暗に伝えようとしたのが――」

言いながら皓は、すたすたと柱時計に歩み寄った。

探る手つきで文字盤に触れると、カチリ、と音を立てて指先が沈む。まるでボタンを押しこんだ時のように。そして――。

キイ、と。

突然の軋《きし》みに驚いて振り向くと、背後の壁にあった鏡が、まるで外開きのドアのように開くところだった――仕掛け扉だ。

「うっ」

途端、むわっと扉の奥から血が臭った。腐りかけた血の、胸の悪くなる悪臭だ。

そして。

「え？」

そこに、無惨に首を切り落とされた白毛の狼がいた。しかし瞬《まばた》きをした一瞬後、漆黒のローブをまとった首無し死体へと変わる。

――幸次氏だ。

ただ、何より青児を驚かせたのは――。

「な、何なんですか、これ」

仕掛け扉の向こうにあったのは、図書室と瓜《うり》二つの小部屋だった。そして、天井まで飛び散った血痕が、ここが犯行現場であることを如実に物語っている。

壁にずらりと並んだ本棚、真鍮《しんちゅう》の振り子が揺れる柱時計――いや、よく見ると壁紙や絨毯の文様に至るまで、見事に左右反転している。まるで鏡の世界を再現したように。

ただ一つ、柱時計の文字盤を除いて。

「これこそが、幸次さんの作った〈隠し部屋〉だったんですね。要は仕掛け扉を鏡に見立てて、その奥に鏡の世界そっくりの、左右反転した図書室を作り上げたんです」

そう言うと皓は、壁に並んだ背表紙の一つを指して、

「本来、蔵書の背に入れるはずの書名や著者名をはぶいたのも、この隠し部屋のためでしょうね。鏡の世界に見せかけるには、一文字一文字、左右反転させる必要がありますから、イミテーションブックで統一するしかなかったんでしょう」

なるほど。しかし、もはや粋や酔狂というよりは――狂気の沙汰《さた》だ。

「イタズラ好きだった幸次さんは、仲間たちが隠し部屋探しに乗り出すのを今か今かと待っていたわけです。しかし思惑に反して誰もまともに取り合わなかった。業を煮やし

た幸次さんは、手掛りとしてこの心霊写真を用意したんです。そして、その中に隠したヒントが、この柱時計だったんですね――おそらくこの写真を撮るために、わざわざ文字盤を正位置のものと入れ替えたんでしょう」

そして、この隠し部屋を〈鏡に映った景色〉のように錯覚させるため、隠し扉を開いた状態にして、図書室の側から撮影したのだ。手前に玻璃さんを立たせることで、心霊写真を装いながら。

つまり青児が迷いこんだ時も、同じように隠し扉が開いていたことになる。

「え、じゃあ、俺の見たものは、幻でも何でもなかったんですね？」

「ええ、そうです。青児さん自身は、はなから左目の不調を疑ってましたけどね。信じるのが正解だったんですよ」

「あの、じゃあ、皓さんは、いつから気づいてたんですか？　俺の話が、もしかすると本当かもしれないって」

「実のところ初めからですね」

え、と思わず声が出た。

意外すぎる答えに、驚きの眼差《まなざ》しで皓を見ると、

「青児さんがその左目で見たものは、そのまま信じようと決めていたんです。たとえ青児さんが、どんなに自分自身を疑ってもね。なにせ、どれほどおかしなものを見たとしても、誤魔化したり、嘘を吐いたりできる人じゃありませんから――それなら、僕も信

じようと思ったんです」

ふわりと白牡丹《はくぼたん》のほころぶような笑みが返ってきた。

「なにせ、真っ先に左目の不調を疑われるとわかっていて嘘偽りなく馬鹿正直に答えてしまうくらいですから――だから、青児さんが僕の助手でいてくれる限り、この先も信じ続けようと思っています」

どうしてだろう。なぜか泣きたい気分になってしまった。

(もしかすると)

信頼という字は、信じて頼ると書くけれど、これまでの人生で、ほとんど経験して来なかったからかもしれない。

たった一人の友人だった――親友だと思っていた猪子石でさえ、青児には一言の相談もないまま命を絶ってしまったのだから。

それでも。

信じて欲しかったし。

頼って欲しかった。

たとえ、やることなすこと全部、無駄な足掻《あが》きに終わったとしても。

それでも一度だけでいいから一緒に悪足掻きするチャンスを与えて欲しかったのだ。

――ああ、そうか。

結局、今も青児は、猪子石に死んで欲しくないままなのだ。

「さて、青児さん。肝心の首無し死体も見つかったことですし、応接間に戻って一冴さんと紫朗さんを呼びましょうか」

ぽん、と手を打って、いつも通りの朗らかさで皓が言った。

わかりました、と答えようとして、喉《のど》で言葉が詰まってしまった。

慌てて奥歯を嚙《か》みしめて、ぎゅっと眉間《みけん》に力をこめる。そして、顔をうつむけながら頷《うなず》くと、さっときびすを返して――一度だけ、ぐいっと肩の辺りで目尻《めじり》を拭《ぬぐ》った。

――わかっている。

今さら猪子石のために泣くのは無しだ。

＊

――隠し部屋が見つかりましたよ。

応接間にいた一冴に声をかけると、血相を変えてすっ飛んできた。

そして。

「はあ、嘘だろ！　なんでコイツが死んでるんだよ！」

隠し部屋の死体を目にするや否や、一冴の口から混乱を極めた叫び声が上った。

やがて皓が一連の推理を伝えると、

「そんな馬鹿な。じゃあ、まさか犯人は霜邑のジジイなのか」

愕然《がくぜん》とうめいて頭を抱えた。

一方、意外な早さで受け入れたのが紫朗だ。最初、不審に凝り固まった目つきで二人の呼び出しに応じたものの、

「もしかすると手遅れかもしれない」

と蒼《あお》ざめた顔で言い出した。

「具合が悪いと聞いてたんで、さっき部屋を訪ねてみたんだ。そしたら不在で」

「くそっ、逃げやがったか！　まだ波が高いから、島の外には出てねえだろ。早いとこ捜し出して――」

「待て、考えなしで動くな！　この先は警察に任せた方が！」

「うるせえ、くたばれ！」

そう怒声を張った一冴は、足元の首無し死体を憎々しげににらみつけると、

「くそ、元はと言えばコイツが玻璃さんを死なせたせいで」

と悪態をついた。今にも死体を蹴《け》り飛ばしかねない勢いだ。

「よした方がいいですよ。その死体は幸次さんじゃありませんから」

言われた一冴は、ぽかんとした顔で皓を見た。青児と紫朗も同じ反応だ。

「性別が違うんですよ。その死体は、女性なんです」

そんな馬鹿な、と否定しようとして、はたと気づいた。改めて見ると、仰向《あおむ》けになった上半身にわずかな胸の膨らみがある。

「じゃあ一体こいつは」

誰なんだ、と続けようとした一冴の声が、半ばで止まった。一転して顔から血の気の引いたその視線は、革手袋の外された死体の左手に注がれている。

指が、なかった。

まるで鋭利な刃物で切断されたように、左手の小指がなくなっている。

(まさか)

脳裏に浮かんだのは、血まみれの現場で目にした璃子さんの車椅子だ。そして、その座面の上にぽつんと残された、切断済みの小指。

「そう、璃子さんなんですよ」

一瞬、時間が止まった気がした。

そして、茫然《ぼうぜん》自失する一同を尻目《しりめ》に、皓が淡々と口を開いて、

「そもそも首無し死体と生首が同じ夜に現れたのなら、同一人物のものと考えるのが自然でしょう。つまり、どちらも璃子さんのものなんですよ」

「ちょっと待て、待ってくれ!　じゃあ、あの糞野郎《くそやろう》はどこに——いや、その前に、璃子はこんな長身じゃ」

混乱も露《あら》わな一冴の顔は、もはや土気色だ。

そんな一冴に向かって、皓は床の一点を指さした。見ると、絨毯《じゅうたん》の届かない床の隅に跳ね上げ式の扉がある。

「おそらくその答えは、この奥にあると思いますよ」

皓の言葉にうながされて、一冴の手が両開きの取っ手を引いた。

現れたのは、暗い昏《くら》い孔だ。

下りの階段が、狭いコンクリートの壁に挟まれるように地下へとのびている。

「何だ、これ。地下室なんてあったか？」

「もしかするとホテルの地下設備の名残かもな。考えてみると、この隠し部屋も、元はリネン室と洗濯室を改装したものかもしれない。となると――」

独り言のように一冴に応えて、紫朗が胸ポケットからペンライトを取り出した。

そのまま紫朗を先頭にして階段を降りると、突き当たりに現れたのは、分厚い鉄製の扉だった。ところどころ赤錆《あかさび》で斑《まだら》になった扉は、いかにも廃墟《はいきょ》然として見える。

と、ドアノブに手をかけようとした一冴が、ぎょっと息を呑んで、

「おい、鍵《かぎ》が壊されてないか？」

「たぶんドリルを使って解錠したんだ。空き巣なんかでよくある手口だ。しかし、この扉、どうも変だな。外側からしか鍵がかからないようになってるぞ」

ぶつぶつ呟いた紫朗が、慎重に扉を開いていく。途端、むわっと立ち上った埃《ほこり》と黴《かび》に、たまらず青児は咳《せ》きこんでしまった。

と、その直後に。

「何だ？　あれ」

ペンライトの光に浮かんだ物体に、四人は揃って息を呑《の》んだ。

ミイラだ。

うつ伏せになった後頭部が陥没して、枯れ枝のように干涸《ひから》びた手足は一部が白骨化している。その下の黒ずんだ染みは、溶け出した死肉による腐敗液らしい。

着衣からして男性のようだが、生前の面差しはうかがい知れない。横向きになった顔は、眼窩《がんか》の痕《あと》らしき窪《くぼ》みが二つ、虚《うつ》ろに宙を見つめるばかりだ。

「おや、壁に照明のスイッチがありますね。点《つ》けてみましょうか」

例によってマイペースな皓の声がして、天井の白熱灯が点《とも》った。

現れたのは、独房じみた小部屋だった。

目ぼしい家具は一人用のベッドと書物机、そしてクローゼットのみだ。コンクリート打ち放しの床には、埃まみれのミイラと共に、蠅や蛾の死骸《しがい》が転がっている。

「まさか、ここって」

壁際のクローゼットにかかったワンピース、そして机の上に飾られたヌイグルミを目にした瞬間、青児はぞっと総毛立った。

子供部屋、なのだろうか。

それもおそらく十代の少女の。こんな一片の光も差さない地下に。

「おい、これって」

一冴が机の上から取り上げたのは、一冊の大学ノートだった。砂埃《すなぼこり》でザラザラした表紙には、油性ペンと思《おぼ》しき子供の字で、持ち主の名前が記されている。

――絢辻璃子。

「一体、どういうことなんだ？」

一冴の声が、うわ言のように震えている。

と、ブランドスーツが汚れるのもかまわず、紫朗が床に膝《ひざ》をついた。吐き気をこらえるように口元を押さえて、床のミイラに顔を近づけると、

「手首にグリュエンの腕時計が巻かれてる。手巻きのアンティークで、叔父《おじ》の愛用していたものだ。じゃあ、この死体は――」

まさか、幸次氏なのか。

「頭蓋骨《ずがいこつ》が陥没しているところを見ると、死因は撲殺のようですね。おそらく凶器は、書物机の卓上ライトだと思いますよ。底の部分が血で汚れていますから」

「待てよ、どういうことなんだ？　ミイラ化してるってことは、昨日今日死んだわけじゃないんだろ。けどソイツは、昨日まで確かに生きて――」

混乱のままにわめいた一冴の声が、不意に止まった。

まさか、と呟いた唇が、蒼ざめて震えている。

問われた皓は、静かに一つ頷き返して、

「璃子さんですよ。本物の幸次さんは二年前に亡くなっていて、娘の璃子さんがなりすましていたんです」

一瞬、聞き違えたのかと思った。

しかし、不意に皓が耳打ちするように唇を寄せて、

「ヒントになったのは〈鍛冶が嬶〉でした。〈千疋狼〉の類話は、伝わる地方によって、老猫や鬼婆など、その正体にさまざまな違いがあるんですね。けれど結末には〈ある共通点〉があるんですよ」


夜明けを迎え、白狼の残した血痕《けっこん》を辿《たど》った飛脚は、やがて佐喜浜の村に行き着いた。それも一軒の鍛冶屋の前に。

戸を叩《たた》いて主人を呼ぶと、昨晩、深手を負ったこの家の老婆が奥で寝ついていると言う。その正体を悟った飛脚が切り捨てると、たちまち白毛の狼へと変じた。

床下を見ると、山ほどの人骨の中に、本物の老婆と思しき骨があった。つまり白狼は、もう長い間、自らが喰《く》い殺した老婆になりすまして暮らしていたのだ。


「つまり〈鍛冶が嬶〉という妖怪《ようかい》の特性は、〈殺人〉と〈入れ替わり〉にあるんです。殺した相手になりすますことで、殺人の事実そのものを隠蔽《いんぺい》するんですよ。昔話では、死体の隠し場所は〈床下〉でしたが、なるほど、現代では〈地下室〉に当たるんですね」

と興味深げに呟いた皓の視線が、足元のミイラに向けられている。

そして、卓上のヌイグルミを見ると、痛ましげに目を細めて、

「実は、青児さんから〈鍛冶が嫗〉の話を聞いた時点で、なりすましの可能性に気づいてたんです。同時に、璃子さん以外には難しいだろうと」

果たして、その疑いは事実だと証明されてしまったわけか。

「では、結論から言いましょう」

と言った皓は、再び一冴と紫朗に向き直って、

「璃子さんは、玻璃さんが事故死した十年前から、この場所で監禁されていました。そして二年前、父親の幸次さんを殺して入れ替わったんです」

事もなげに言った皓に、喘《あえ》ぐように紫朗が横から口を挟んだ。

「ちょっと待ってくれ。十年前から監禁されてたって、そんな馬鹿な。俺たちは、事故の後にも、この島で璃子の姿を目にしてるんだ。なら一体あれは――」

「生き人形ですよ。人形作家を廃業した幸次さんは、璃子さんをモデルにひそかに生き人形を制作していたんです。そして今から十年前、玻璃さんを死なせてしまった幸次さんは、目撃者となった璃子さんの口を封じるため、ある計画を実行します。すなわち、主治医である萩さんの協力を得て、璃子さんと人形を入れ替えたんです」

昨日、一冴から聞いた言葉が脳裏に浮かんだ。

〈生きた人間じゃなしに、人形の娘が欲しかったんだろうさ〉

まさか本当に、一人娘を人形とすり替えたのか。

「当然、人形ですから喋《しゃべ》りもしなければ動きもしません。主治医となった萩さんと霜邑

さんの二人が〈解離性昏迷《こんめい》〉という病名をでっちあげることで、世間の目を誤魔化し続けたんですね」

「まさか、そんな馬鹿げたこと」

「おそらく幸次さんにとって最大の脅威は、あの心霊写真だったんでしょう。かつては間違い探しのヒントだったものが、璃子さんの監禁場所を知らせる手がかりになってしまったわけですから。だから、週刊誌の回収騒ぎを起こしたんだと思いますよ」

「いや、待て！　誰の目から見ても、璃子の顔立ちは年々変化してたんだ。もしもあれが人形なら、顔つきも十年前のままになるはずじゃ――」

途端、さっと紫朗の顔から血の気が引いた。

「待て、まさか」

と呟いた唇は、感電したように震えている。

「そう、人形の顔を作り変えていったんですよ。地下室に監禁した璃子さんの成長に合わせてね。いや、こう考えた方が正しいかもしれません。人形を成熟させるためには、彼女という生きた原型《モデル》が必要だった。もしかすると彼女は、ただそれだけのために生かされてきたのかもしれません」

と、あくまで静かに告げた皓に対し、

「――狂ってる」

そう一冴の吐き捨てる声がした。虚ろに。

「どうして、そんな酷《ひど》いこと」

思わず青児もそう呟《つぶや》いていた。

一冴の昔語りを聞く限りでは、玻璃さんが亡くなる以前から、親子仲は険悪だったようだ。それでも、血を分けた我が子にこんな仕打ちができるなら——まるで人でなしの鬼ではないか。

「その答えは、璃子さんの現在の姿にあると思います」

「え？」

「身長ですよ」

言うが早いか、一冴と紫朗の方を向くと、

「見たところ、お二人とも揃って背が高いんですね。どなたの遺伝なんでしょうか」

「祖母が、ロシア人の舞台女優で一八〇センチあったらしい。ヨーロッパに遊学していた祖父の一目《ひとめ》惚《ぼ》れで、若くして亡くなったと」

なるほど、つまり一冴、紫朗、璃子さんの三人はクオーターなのか。

「璃子さんが監禁され始めたのは十歳の頃——ちょうど第二次性徴が始まり、成長期を迎える頃です。その頃、璃子さんと幸次さんの衝突が目立ったと言ってましたよね？　その一因が、身長だったんじゃないかと思います」

そんな馬鹿な、と否定しようとして言葉に詰まった。

思えば、心霊写真で目にした玻璃さんの姿は、ずいぶん小柄だった。もしも人形作家である幸次氏にとって、あれこそが理想の女性像なのだとしたら。

「成長期を迎えると、一夏で二〇センチ近く伸びてもおかしくないですからね。我が子の成長は父親にとって喜ばしいことのはずですが、幸次さんは〈最高傑作〉が理想からかけ離れていく現実に耐えられなかったんでしょう。そして璃子さんは、父親である幸次さんに、ひいては舞台女優だった祖母に似てしまった――成長した後には、幸次さんと変わらない背丈になったわけです」

そして、ついに――彼にとって〈失敗作〉となった娘を地下に閉じこめたのだ。

「つまるところ、このホテル・イゾラ・ベッラでは二度の〈入れ替わり〉が起こってるんですね。一度目は人形と少女、そして二度目が父と娘です」

皓の言葉に、はっと三人分の視線が床のミイラに注がれた。まざまざと後頭部に打撲痕《こん》の残った幸次氏の死体だ。

「二度目の入れ替わりが起きたのは、おそらく二年前。その頃、幸次さんは通いの使用人を一斉に解雇して、ローブと仮面で仮装するようになっています。つまり幸次さんになりすました璃子さんは、そうして周りの目を誤魔化そうとしたんですね」

「おかしくないですか？　いくら見た目を誤魔化しても、声までは変えられませんよね。けど、と思わず青児は横から口を挟んでしまった。

じゃあ、口をきいたらバレちゃうんじゃ」

「そう、当時十八歳だった璃子さんが幸次さんになりすますには、霜邑さんの協力が不可欠なんです。つまり二年前、幸次さんを殺害した当初から、璃子さんと霜邑さんは共犯関係にあったことになります」

「ひょっとして」

と呟いたのは紫朗だった。しかし続く言葉を躊躇《ためら》うように視線をさまよわせると、

「霜邑が、璃子に父親殺しをそそのかした……なんてことは」

「おや、心当たりが？」

問われた紫朗は、覚悟を決めるように息を吐くと、

「……実は、この島に来る前に、霜邑の素性を業者に調査させたんだ」

「はあ、ちょっと待て！　なんでお前がそんな」

ぎょっと目を剝《む》いた一冴に、紫朗はばつが悪そうに顔をそむけて、

「従兄弟《いとこ》として璃子のことを気にかけてたのは、何もお前だけじゃない。霜邑が璃子の治療に関して、何らかの不法行為を働いているかもしれないと思ったんだ。璃子を人形として手元に置いておくために、叔父《おじ》とグルになってるんじゃないかと」

結果として。

霜邑さんが、過去に都内でクリニックを開業していたのは事実だった。前任者である萩医師とは旧知の間柄で、帰省時の代診を頼まれたのが、幸次氏と面識を持つようになったきっかけだそうだ。

「国籍は日本だが、出身国はイギリスだ。母親は日本人、父親はイギリス人。双子の兄

相次いで両親を亡くしたことで、母方の叔父夫婦に引き取られ、養子縁組したそうだ。一方、兄の方は養育を拒否され、児童養護施設行きになったんだが――」

一度、紫朗の声が途切れた。そして、喉《のど》の奥で咳払《せきばら》いすると、

「十二歳で施設を脱走して、二十八歳の頃、殺人罪で逮捕されてる。東洋人の少女十八人を殺害して、ホルマリン漬けにしたそうだ」

「……は？」

さらに――死刑制度の廃止されたイギリスにおいて、一生釈放されないことを意味する終身刑を宣告され、しかし二年と経たずに獄中で自殺しているらしい。

「け、けど、生き別れたお兄さんの話ですよね？　霜邑さん自身とは無関係じゃ」

「いや、そうとも言い切れない。獄死するまでの二年間に、ある犯罪心理学者がインタビューを行ってるんだが、その中に気になる言葉があって――」

幼少時、家庭内暴君であった彼らの母親は、アルコールが祟《たた》って入浴中に溺死《できし》している。この遺体は後に屍蠟《しろう》化し、半年もの間、兄弟と〈親子三人〉で暮らしたそうだ。

〈毎晩、双子の弟と手をつないで、浴槽に沈んだ母親の額にキスしたよ。それから人形しか愛せなくなった。だから彼女たちを殺すことで人形にしたんだ。今、弟がどこにいるか知らないが、きっとアイツも同じだよ〉

紫朗のスマホに保存された英文のインタビュー録には、そんな一文があった。

「……そんな」

　室温が一気に下がった気がして、青児は愕然《がくぜん》と身を震わせた。一冴もまた氷の塊を喉に詰まらせた顔で蒼《あお》ざめている。

　ただ一人皓だけが、何一つ変わらぬ口調で、

「屍体《したい》愛好症――ネクロフィリアですね。フロイト学派では、幼少時に〈眠っている母親の姿〉に愛着を感じ、それが欲求へと転じたものと解釈されます。なるほど、人形も屍体も人としての温《ぬく》もりを持たない点では共通ですね。どちらも心や知性を持たない、永遠に受動的な存在だ」

　それを聞いた紫朗は、強《こわ》ばった表情のまま頷《うなず》き返して、

「ただ、確かに霜邑自身とは、直接関係のない話だ。けれど、そもそも霜邑がこの島にやって来た経緯に、殺人が関わっている可能性がある」

「はて、どういうことです？」

「実は前任者の萩は、霜邑と入れ替わるように交通事故で死んでるんだ」

　聞けば。

　親族の法事のため、本土に帰省していた萩医師は、飛び出し事故によって死亡している。泥酔状態で車道に飛び出し、長距離トラックにはねられたのだ。

　しかし。

「直前まで同行者がいたらしいんだが、これがはっきりしないんだ。おかしなことに、

事故当日の夜、萩がどこで酒を呑《の》んでたのか、それすら警察は特定できなかった」

もしや何者かに拉致《らち》されたあげく、無理やりアルコールで酩酊《めいてい》させられ、車道に突き飛ばされたのでは——と、警察内部でも他殺を疑う声が上がったようだ。しかし他に事件性を裏づける手掛りもなく、捜査は打ち切りとなってしまった。

「ただ霜邑にはアリバイがあるんだ。他でもない萩の代理として、事故の当日、この島にいたことが証明されてる。けれど、もしも霜邑が別の誰かに依頼したとしたら」

語尾がわずかに震えていた。疑念と——恐怖だ。

「ただの馬鹿げた妄想かもしれない。けれど一人目が萩、二人目が幸次、三人目が璃子だ。この島の中で、霜邑を除いた全員が死んでる。まず萩を殺して、住みこみの医師としてもぐりこむ。次に、監禁状態にあった璃子をそそのかして、実の父親を殺させる。そして最後に、口封じのために璃子を殺して、その父親を犯人に仕立て上げれば——」

そして、誰もいなくなる。

後は一冴や紫朗といった滞在客たちと、警察に偽りのアリバイを証言するだけだ。

「なるほど、幕引きとしては完璧《かんぺき》です。ただ、どうも気になる点があって」

と、不意に皓が青児に向かって耳打ちした。

「まず霜邑さんの姿が、青児さんの目に妖怪《ようかい》化して映らなかった点です」

「え、けど、それは左目の不調——」

「ではないんですね。ふふふ、これについては、おいおい説明しましょう」

そう意味深な笑みをこぼして、

「何より気になるのは、凝ったトリックを弄《ろう》しているわりに、警察の捜査力をはなから度外視している点です」

「と言うと？」

「つまり、どれも警察の手にかかれば一発で見破られるものばかりなんですよ。たとえば、現場の血痕《けっこん》からは抗凝固剤を検出できますし、いくらアリバイ工作したところで、肝心の生首が残っている以上、実際の死亡推定時刻は明々白々です。となると、このトリックの有効期限は、せいぜい〈警察が到着するまで〉なんですね」

「……えーと、警察の捜査が始まる前に、姿を消すつもりだったとか？」

「その可能性もありますが、行方をくらませた時点で〈私が犯人です〉と言ってるのと同じですよね」

なるほど確かに——と頷いた、その時。

「どうして今まで黙ってたんだ！　もっと早く霜邑のことがわかってれば——」

「言っただろ、あくまで根拠のない妄想だからだ！　萩の件だって警察の見解は事故なんだ。もう少し手がかりを集めようとしたところに、突然お前がこの島に行くって言い出したんだろうが！」

いつの間にか兄弟喧嘩《げんか》に発展したようだ。

「なら、なんで俺に言わなかった！　この島に来てからでも機会はあっただろ！」

「ふざけるなよ！　お前が知ったら、後先考えずに騒ぎ出すに決まってるだろうが！　最悪、それで殺されでもしたら——」

「どうだっていいだろうが！　むしろ俺が先に殺されてりゃあ、今ごろ璃子は——」

「いい加減にしろ！」

激しく語気を荒らげた一冴に、紫朗もかっと頭に血を上らせた様子だった。般若《はんにゃ》の顔で一冴の胸倉をつかみ上げると、烈しい苛立《いらだ》ちの爆《は》ぜる声で、

「いつもいつも考えなしに人の心配を踏みにじりやがって！　どうして俺がこんな島に来たと思ってるんだ！　お前を生かして帰すためだろ！　それなのにお前は、幾つになっても人の言うことをまったく聞かずに——」

それは、いつもの嫌味と罵声《ばせい》にも聞こえた。

けれど。

「……待て、ちょっと待て。今、なんて言った？　心配？　お前が？」

「はあ、何言ってんだ今さら！　こっちは昔から気にかけてやってるのにそれを無視し続けたのはお前だろ！　いくら人が助言しても文句ばっかり返しやがって！　例のファッションブランドの件だって、俺はさんざん忠告したんだ！　なのにお前は——」

「……ちょっと待て。忠告ってまさか、あの嫌味と罵倒の嵐のことか？」

うめくように一冴が言った、その時。

「おや、今、物音がしませんでしたか？」

そう皓に言われて耳をそばだてると、確かに奇妙な音が聞こえた。

(何だ？)

ぞくっと背筋に冷たい悪寒が走る。

風の唸《うな》り声——ではない。コンクリートの壁一枚を隔てて、シュウシュウ大蛇が威嚇しているかのような。

蒸気の噴出音、なのだろうか。

「まさかボイラー室か！」

たちまち血相を変えた紫朗が、部屋の奥に向かって駆け出した。

その直後に。

(あれ？)

うずたかく積もった埃《ほこり》の中に、真新しい足跡を見つけた。ちょうど皓ぐらいの、いや、もう少し小柄な女性か子供のものだ。

そして、その行き着く先に——。

「くそっ、また鍵《かぎ》が壊されてる！　一体誰がやったんだ！」

突き当たりに現れたのは、一枚の金属扉だった。一見、壁と同化しているように見えるが、顔を近づけると長方形の切れ目が走っているのがわかる。

紫朗の手が、錆《さ》びたレバーを引き開ける。

途端、ごうっと風の塊がぶつかるように、蒸気の噴出音が溢《あふ》れ出した。

「……何だ、あれ」

扉を起点にしてデッキが延び、その先に地下二階へと続く鉄階段があった。

眼下に現れたのは、直径二メートル、高さ四メートルほどの、巨大な円柱の金属塊だ。数トンの重量と思しきその装置は、ごうごうと水蒸気を噴き出しながら、空間そのものを地響きのように震動させている。

さながら荒れ狂う鉄の雄牛だ。

「おい、ここまで熱気が昇ってきてるぞ！　ヤバイんじゃないのか！」

「馬鹿、ヤバイなんてもんじゃない！　ホテル時代、あのボイラーが爆発事故を起こしかけて従業員二人が大火傷で亡くなってるんだ。しかも原因は、給水管の腐食だった。くそっ、あれから、もう三十年経ってるんだぞ。そんなものに火を入れたら——」

直後、紫朗の声が蒸気の咆哮《ほうこう》にかき消された。

今やこの空間そのものが、導火線に火のついた巨大な爆弾なのか。

と、不意に皓が感心したように目を細めて、

「なるほど、そういうことですか。どうやら犯人は、仕上げに現場そのものを吹き飛ばすことで、警察の捜査を阻むつもりのようですね」

果たして、これが本当に人のすることだろうか。

「くそっ、緊急停止させるぞ！　まだギリギリ間に合うかもしれない」

と紫朗の口から叫び声が上がった。

「はあ、近づいただけで火傷《やけど》だろ！　やり方わかってんのか！」

「知るか！　現場で扱うこともあるが、ボイラー技士の仕事だぞ！　けど、緊急時の手はずは頭に入ってる。一か八かだ」

そして脱いだ上着を一冴の腕に押しつけると、

「お前はとっとと上に行ってろ！」

「はああ、なに馬鹿言っ……」

途端、一冴の胸倉をつかんだ紫朗が、扉の外に押しやるように突き飛ばした。たまらず一冴がボイラー室からよろめき出たところで、

「最後ぐらい兄貴の言うこと聞いたらどうだ、この馬鹿！」

と一喝して扉を閉じた。

——はずだったのだが。

一瞬後、扉の隙間にガッと一冴の靴先が挟みこまれて、

「一生聞くかよ、この阿呆《あほう》！」

両手でこじ開けた扉から、紫朗の背中がデッキの奥へと蹴《け》りこまれた。

かくして。

兄弟二人を呑《の》みこんだ扉が、音を立てて閉じられる。後に残されたのは、見事なまでに蚊帳《かや》の外に放り出された青児と皓の二人だけだった。

「……さて、僕らは地上に逃げましょうか。どうも存在を忘れられたようですし」

「ですね」

と、地上へと続く階段を上ったところで、ふと皓が青児を振り向いた。

「それに、ここまで虚仮《こけ》にされて黙っているわけにもいきませんしね。こう見えて、売られた喧嘩は買う主義なんですよ」

……存じておりますとも。

「さて、青児さん。最後に鬼退治といきましょうか」

言葉とは裏腹に、その顔はどこか淋《さび》しげで。同時に青児は、地上から風の音が聞こえなくなっているのに気がついた。

嵐が終わったのだ。

＊

まさに台風一過だった。

激しい風雨も今は嘘のようにおさまって、分厚い布地同然だった雨雲にも、あちこち破れ目が覗《のぞ》いている。

時刻は、午前五時。つい三十分ほど前から水平線が赤らみ始め、気がつけば空一面に朝焼けがあった。傷口から流れる血の、生々しい赤だ。

（まあ、幕引きにはもってこいかな）

内心でひとりごちて〈彼〉は小さく肩をすくめた。

もうすぐ夜明けがやって来る。鬼啖《おにぐい》の夜が終わるのだ。

なのに。

「変だな、そろそろ時間のはずなんだけど」

苛々《いらいら》と靴先で石畳を叩《たた》きつつ、眼下のホテル・イゾラ・ベッラを眺め下ろした。

グラン・テアトル大劇場——階段状になったバロック庭園の最上段だ。

海抜三十メートルの高み。さながら劇場舞台のように広がったテラスには、ボッロメオ家の紋章にちなんだ一角獣の彫像がそびえている。

高貴と傲慢《ごうまん》の象徴とされる一角獣は、かつて旧約聖書で〈悪魔の化身〉とうたわれたそうだ。なるほど、確かにこの島には似合いの獣だ。

（やっぱり、おかしい）

予定では、地下の高圧ボイラーが爆発炎上している頃だ。

たとえ警察が火災に気づいても、なにせ十五キロメートル沖の小島だ。消防艇が出動したところで焼け石に水。瞬く間に炎がすべてを焼き尽くすはずだ。

地下室のミイラも、生首と首無し死体に分かれたバラバラ死体も。

（まあ、そっちは別にどうでもいいけど）

望むべくは、ただ二つ。凜堂棘と——何より、西條皓の死だ。

と。

「おや、こんな場所で爆破ショーの見物ですか」

その声を聞いた瞬間、びくっと体が震えるのを感じた。

「なるほど、文字通りの高みの見物だ。馬鹿と煙は高いところに上ると言いますが、ずいぶん安直な場所を選びましたね——緋さん」

現れたのは、凜堂棘だった。

血染めの空を背に、まさに影法師のように佇立《ちょりつ》しながら。

対して、呼びかけられた少年——緋は、口の中で舌打ちしつつも、なるべく無害そうな愛想笑いを装って、

「わあ、おはようございます、探偵さん。けど、何か勘違いしてません？　ただ僕は、霜邑さんの言いつけで庭の様子を——」

「その霜邑さんですが、先ほど捕まえて気絶させましたよ。アナタには、先に伝えた方がいいかと思ってね」

「……何の話です？」

「なるほど、船着き場とは考えましたね。おそらくアナタの指図でしょうが、脱出用のゴムボートと一緒に岩陰の洞窟《どうくつ》に隠れていましたよ。〈入り江には警報機が設置され、不審者は近づけない〉という前提がある以上、捜索の手も及びにくいですからね」

「さあ、すみませんが、何のことだかさっぱり」

「茶番は結構。実のところ、アナタには初めから見覚えがあったんですよ。アナタは魔族だ。それも、あの半妖──西條皓の兄弟でもある。そうでしょう？」

さて、厄介なことになった。

この男は、異母兄の皓にとって殺すか殺されるかの存在だ。閻魔《えんま》庁の監視がある以上、危害を加えられることはないと思うが──それでも、油断だけはできない。

「あ、バレちゃいましたか。驚いたなあ、棘さんとは面識がないと思ってたのに」

「ええ、きっと覚えていないと思いましたよ。忘れさせられたんだろうとね」

「……どういう意味です？」

「さてね。それよりも、そろそろ幕引きの頃合いかと思いまして。すぐに夜明けだ。嵐がおさまれば、みすみす犯人を逃がしかねない」

「あ、そうだ！　霜邑さんは捕まったんですよね。残念だなあ。実は僕、皓さんに言われて、霜邑さんを捜してたんですよね。けれど、まさか先を越されるなんて。何はともあれ、これで事件解決ですね！」

「ええ、解決しますよ。今、これからね」

気がつくと──ステッキが鼻先にあった。

そして棘は、まるで猟銃を向けるように、その先端で緋をぴたりと指し示しながら。

「アナタが、この事件の実行犯だ。そうでしょう？　緋さん」

嗤《わら》った。獰猛《どうもう》に、傲慢に。

ああ、わかった。この世で最も高慢で、最も美しい生き物が一角獣ならば——まさにこの男そのものだ。

「一体何の話です？　さっき棘さんが言ったんですよ、霜邑さんを捕まえたって」

「ええ、共犯者としてね。アシスタントとも言い替えられますか。けれど、この事件における罪人は、アナタ一人だ。少なくとも照魔鏡の判定によるとね」

まさか、この男——知っているのか。

「気づいたきっかけは、あの半妖の飼っている負け犬でした」

くそ、やはり遠野青児だ。

「閻魔庁から〈情報の公平性を期するため〉と銘打って、耳寄りなリークがありましてね。あの名ばかり助手の左目には、照魔鏡の欠片《かけら》が入りこんでいて、人の犯した罪を〈妖怪《ようかい》〉の姿として認識する力があるんだそうです」

ちっと緋は小さく舌打ちした。

あの閻魔庁の狗《いぬ》め、まったく余計なことを。

「先ほど、飼い主のいないところでお会いしましてね。少し脅してみたら、呆気《あっけ》なく白状しましたよ。璃子嬢の扮《ふん》した幸次氏を除いて、他の六人は誰一人として妖怪化しなかったそうです——となると、おかしいんですね」

言いながら棘は、ステッキの先を鳴らして緋との距離を詰めると、

「つまり、璃子嬢を殺した犯人は、我々の中に存在しないことになります。しかし、そ

れはありえない。現場の様子を見れば、トリックは一目瞭然《いちもくりょうぜん》です。そして、それは霜邑氏の手によらなければ、決して完成しないものだからです」

ついに革靴の足音が止まった。

——緋の目の前で。

「ここで一つの仮説を思いつきました。なるほど、確かにあの現場で行われたアリバイ工作は、霜邑氏の手によってしか成立しえない。しかし、それ以外は——璃子嬢を殺害して首を切り落とし、偽物の胴体で生きているように見せかけることは、霜邑氏以外にも可能なんです。その人物こそが、この事件の真犯人だ。そして、それが魔族であれば、照魔鏡は罪とは判定しないのではないかと」

その通りだ。

獣を喰《く》うのが人であり、人を喰うのが鬼——それがこの世の道理なのだから。

人がどれほど作物を刈り取り、家畜を殺《あや》めても、照魔鏡はそれを罪と見なさない。

それと同じで、人を殺め、喰らい——そして、時には己の親兄弟すら手にかける非情さこそが魔族の本質であるなら、たかが女の首一つで影響が及ぶはずもないのだ。

（そもそも）

目の前にいる棘もまた、かつて十二人の兄弟を殺した大罪人なのだ。ならば、棘の姿が、一度も妖怪に変わっていない時点で、あの駄犬はとっくに気づくべきだろう。

「昨夜、半妖と私の二人は、深夜零時まで客室での待機を命じられていました。となると、犯人はアナタしかいないんですよ」

黙れ、と言いそうになって下唇を噛《か》んだ。

ここで噛みついてしまえば、相手の思うつぼだ。

「さて、では共犯者である霜邑氏が妖怪化しなかった理由ですが――おそらく彼は、手品の舞台で、いきなり観客席から指名されたアシスタントのようなものなんでしょう。場面場面で手助けしながらも、計画の全貌《ぜんぼう》は知るよしもない。もちろん、タネも仕掛けもね。もしかすると璃子嬢が死ぬことすら、聞かされてなかったのかもしれません」

と、そこで棘は、片手の指を一本ずつ折りながら、

「おそらくアナタが霜邑氏に与えた指示は四つです。一つ目、台風の目に入る午前一時頃、滞在客五人の内から同伴者を選び、璃子嬢の部屋を訪ねること。二つ目、施錠の確認をするフリをして鎧戸《よろいど》の掛け金を外すこと。三つ目、璃子嬢の喉元《のどもと》のブローチを下のビニール生地に針先で穴をあける形でとめ直すこと。四つ目、車椅子の上に残された璃子嬢のドレスを部屋の外に運び出し、安全な場所に保管すること――確かに、すべてを挙げても〈罪〉と断じるには弱い」

「ちょっと待った、おかしいですよ。霜邑さんの反応を見ましたか？　泣いたり驚いたり吐いたり。演技っていうのは、まず筋書きありきですよね？　でなけりゃ、どうしてあんなに自然に――」

「できるんですよ、彼ならね」

ぞっと鳥肌が立つのがわかった。

おかしい、まるで見えない手で首を絞められているかのような。

「気づいたきっかけは、霜邑氏の表情でした。食堂でも応接間でも、一冴氏といる時は紫朗氏を、馬鹿犬といる時は飼い主を、それぞれの表情を真似てるんです。つまり、初対面の相手を信用させたり、その逆に敵対する相手を威嚇したりする時は、その相手にとって優位な立場にある人物の表情をそっくりコピーするんですよ」

そう言うと棘は、感心とも呆《あき》れともつかない顔で肩をすくめて、

「処世術、と呼ぶにはいささか病的ですね。そして、そんな霜邑氏であれば、周囲の状況やアナタの顔つきから〈今あるべき自分の姿〉を読み取って、その通りに振舞ってみせることなど、息をするように容易《たやす》いでしょう」

まいったぞ、と緋は独りごちた。

正直、この凜堂棘という存在を見くびっていた。せいぜい毛艶《けづや》のいい咬《か》ませ犬としか思っていなかったのに。

しかし、そこで緋は、ひょいと肩をすくめて見せて、

「なんだ、長々ご高説を垂れたわりには、結局、机上の空論ですよね。霜邑さんが異常者だってのはわかりましたよ？　けど、僕が実行犯だっていう証拠は一つも――」

「ありますよ、ここにね」

そう言って棘が取り出したのは、見覚えのあるスマホだった。

――霜邑のものだ。

「先ほど気絶させた時、ついでにお借りしました。さて、これも半妖の飼い犬から聞いた話なんですが、午前三時半頃、幸次氏のアドレスから霜邑氏のスマホに〈遺書〉が届いた際、直後にアナタはこう言ったそうですね――〈送信時刻は午前一時半。ちょうど二階から物音が聞こえた頃です〉と」

「……さあ、聞き違いじゃありません？」

「残念ながら、しらばっくれても証人は複数いますよ。さて、これを見てください」

　直後、液晶画面に例の〈遺書〉をつづったメールが表示された。

　しかし、送信時刻は――午前三時半。

「そんな馬鹿な、と思ったでしょうね。確かに午前一時半に送ったはずだと。普通なら送受信に大幅なタイムラグが生じた場合、送信側のタイムスタンプが表示されるはずですから。けれど、あの時に限っては、イレギュラーな事態が発生していたんです」

　そう言うと棘は、まるで大人が子供に噛んで含《ふく》める調子で、

「停電ですよ。通常、携帯からEメールを送信すると、基地局から複数のサーバーを経由して受信側のメールボックスに保存されます。けれど当時、基地局は停電していた。そこで発生したのが、この通信障害なんです」

　しまった。

　あの時、突然一冴にスマホを取り上げられたせいで、送信時刻まで確認する余裕がな

かった。まさか、それがこんなミスに繋《つな》がるなんて。

「つまり、このメールの送信時刻が午前一時半だと知っている人物は、犯人一人だけなんですよ。当時、アナタは仕事をサボってスマホでゲームをしてましたよね？　けれど実は、現場である二階の様子をうかがいながらメールを送信するタイミングを見計らっていたんです。そして、頭上から物音が聞こえた時点で、送信ボタンを押した——璃子嬢を殺害した際に奪った幸次氏名義のスマホでね」

そして。

嘲《あざけ》るように、蔑《さげす》むように。白皙《はくせき》の仮面で覆った本性を剝《む》き出しにして。

「何か反論は？」

混乱、憤怒、苛立《いらだ》ち、こみ上げる感情を緋は下唇を噛んでこらえる。

次の瞬間、緋の脳裏に浮かんだのは、逃走の二文字だった。何とか隙をついて、この男の前から——と、思ったその瞬間。

「ふっ」

と棘の喉《のど》が鳴った。

愉快な冗談を聞いたかのような、場違いとしか言いようのない、いっそ狂人じみた貌《かお》で。く、く、と執拗《しつよう》に肩を震わせながら。

「いや、失礼。どうも勘違いしているようなので」

言うが早いか、緋に向かってすっと片手を差し出した。

まるで握手を求めるように。

「つまりアナタの狙いは、はなからあの半妖の少年――西條皓の暗殺にあった。違いますか？　跡取りが爆発事故で〈不慮の死〉を遂げたとなれば、跡を継げるのはアナタ一人になりますからね。ついでに敵役《かたき》である私を道連れにすれば、一石二鳥だ」

謡う声音で棘は言った。

今にも鼻歌を口ずさみそうな上機嫌ぶりで。

「万が一失敗した時の保険が、霜邑氏の存在だったんでしょう。〈もしも裁定に手落ちがあれば、下した罰はすべて裁定者の身に返る〉――それが閻魔《えんま》庁の定めたルールです。つまり、あの半妖に霜邑が犯人だと思いこませることさえできれば、最後の最後で裁きを下したその瞬間に、おのずと致命的なダメージを負うことになりますからね」

そう、それこそが狙いだった。

半人半妖という、生まれながらの出来損ないを――にもかかわらず跡取りを名乗る恥知らずを地獄の底に叩《たた》き落とすこと、それが緋の目的なのだから。

そして。

「実に――悪くない」

「え？」

「実のところ共謀者を探していたんですよ。忌々しい半妖を亡き者にするためにね。閻魔庁の取り決めによって、我々は互いに危害を加えることができません。けれど、山本五郎左衛門一派の一人——特に兄弟であるアナタならば話は別だ。跡目争いの内輪揉《うちわも》めは、閻魔庁の関知するところではないですからね」

そう言って棘は微笑《ほほえ》みかけた。他でもない緋に向かって。

「つまり私とアナタ、双方の利害が一致しているわけです。それに——あの半妖よりは、由緒正しい魔族の血筋であるアナタの方が、よほど私の好敵手に相応《ふさわ》しい。どうです、悪い話じゃないでしょう？」

つい引きこまれるように棘の手を握った。

その一瞬後、ステッキの先が持ち上がって、

「え？」

鋭い発砲音が鳴った。

撃たれたのだ——と悟る間もなく、緋の体が膝《ひざ》から崩れ落ちる。その直後、的確に銃創を狙った動きで、鋭い前蹴《げ》りが叩きこまれた。

「が、あぁ！」

喉から濁った咆哮《ほうこう》がほとばしる。反動で仰《あおむ》向けに倒れた緋の右膝に、間髪容《い》れずにステッキの握り手部分が振り下ろされた。直後、あっさり膝を砕き終えた棘は、帽子のつばに指を添えると、無造作にかぶり直して、

「そもそも——真剣勝負の最中、礼儀を知らない子供に横からチェス盤を引っ掻《か》き回されて、怒らない大人がいるとでも？」

犬歯を剝き出しにした獣の貌で、獰猛《どうもう》に嗤《わら》った。

「な、ぜ……」

うめいた途端、金気臭い味が舌の奥に広がって、ごぼりと口から鮮血が溢《あふ》れる。そんな緋に、棘は冷ややかな一瞥《いちべつ》をくれると、

「どうも勘違いしているようなので、一つ言っておきましょう」

そう言った棘の手には、今なお銃口から硝煙の立ち上るステッキがあった。支柱全体が銃身になったタイプの、アンティークの仕込み銃だ。

そして、握り手部分を外して弾丸を装塡《そうてん》し直すと、緋の傍らに膝をつきながら、

「アレは、私の敵で、獲物です」

言いつつ緋の髪を鷲摑《わしづか》みにすると、仰向かせた顔を覗《のぞ》きこんで、

「殺してやる——と言ったんですよ、私は。この手で必ず殺すとね。なら、それを邪魔する者がいれば、先に排除するより他にないという話なんですよ。アナタのようにね」

そこにあったのは、叩き潰《つぶ》した蝿を見下ろす、いっそ無関心と呼べる眼差しだった。

対して緋は、額に脂汗を滲《にじ》ませながらも、血の色に煮えた双眸でにらみ返して、

「血迷ったか、凜堂棘！　僕も山本五郎左衛門の血族だ。閻魔庁との取り決めがある以上、僕に血を流させた時点で、お前の負けは——」

「……ほお、意外に囀《さえず》る」

悲鳴は——二発目の銃声にかき消された。

　そして、再び三十二口径の弾丸を撃ちこんだ棘は、その貌を嗜虐《しぎやく》そのものに歪《ゆが》めながら、油断なく三発目を銃身に詰め直して、

「さて、そろそろ種明かしと行きましょう。どうして私がアナタをなぶり殺しにできるのか。なぜなら――」

　と愉《たの》しげに口火を切ろうとした、その時。

「凜堂さん」

　声が、した。

　はっと顔を上げると、劇場舞台めいた最上段のテラスに、遅れて現れた人影があった。死に装束めいたその着物を、鮮血の色に染め上げながら。

　そして、まるでトリの役者のように、二人の前に立ったその人物こそが――。

「お役目御苦労様です。そろそろ僕と交代してください」

　――西條皓だった。

＊

　皓に続いてテラスに立ったその時、青児の脳裏に浮かんだのは、なぜか鵺《ぬえ》に踏みつけにされた棘の姿だった。

（どうしてだろう？）

噎《む》せ返る血臭が、記憶を呼び起こす引き金になったのか。いや、違う、原因は——皓少年の顔に浮かんだ、悪巧みの笑みだ。

「待て、まさか……二人ともグルなのか？　僕を罠《わな》にはめるために？」

喉を軋《きし》ませて訊《たず》ねた緋は、直後に激しく咳《せ》きこんで血を吐いた。

そんな緋を不快げに一瞥して、

「言われなくても、ここはアナタにお任せしますよ。私は最後の仕上げがあるのでね」

言うが早いか、棘はテラスから退場していった。

と、おもむろに皓が口を開いて、

「実は棘さんと〈メル友〉になりまして。もっともアドレスは、篁さんの手元を覗き見して知ったんですけどね」

なるほど、あの時か、と青児は思った。

別館の客室に現れた篁さんが〈依頼状〉の写真を撮影して棘にメールを送信した、あの時。青児が高速フリック入力に見惚《みと》れている内に、皓はその手元を覗き見て、送信アドレスを一瞬で記憶したのだろう。

（ああ、そうか）

応接間で青児からスマホを借りたのも、こうして棘と連絡を取るためだったのか。

「今回ばっかりは、互いの利害が一致していたので、ちょっとつるませて頂きました。引き換えに、青児さんの左目の秘密を打ち明けるはめになりましたけどね。さすがに驚いた様子でしたよ。まさか青児さんがもともと本当に助手だったとは――と」

そっちですか！

声なき声で叫んだ青児には一瞥もくれず、皓はただじっと緋を見つめて、

「さすがに爆死させられかけたとあっては、これ以上見過ごせませんからね。だから棘さんに捕まえてもらいました。僕じゃあ、十中八九、アナタに逃げられますし」

「いつからだ？　いつからお前は、僕のことを」

「初めからですよ。正確には、この島に来る前――璃子さんの〈依頼状〉が届いた時からですね。あの封筒の宛名《あてな》書きは、アナタが書いたんでしょう？　その一週間前に、青児さんが受け取った〈果たし状〉と書き癖が一緒でしたから」

「そんな馬鹿な！　筆跡は完璧《かんぺき》に変えたはずだ！」

「ええ、確かに。宛名書きの字は中の手紙に似せてありました。けれど、僕が引っかかったのは、筆跡でなしに書き順なんですよ」

そう言うと皓は、懐から二通の手紙を取り出した。依頼状と果たし状だ。

そして、「ほら」と言って指し示したのは――果たし状の〈七月吉日〉と、依頼状の宛先《あてさき》にある〈吉鷗島〉の二箇所、それに共通する〈吉〉の字だった。

「書き順というのは、無意識の内に身につくものですから、どんなに他人の筆跡を真似ても、ついつい書き癖が出てしまうんですね。特に万年筆の字は、インクの濃さによって自然と線に強弱がつくので、目視でも筆の流れをつかみやすいんですよ」

皓の説明によると、〈吉〉の〈士〉は、〈さむらいかんむり〉と呼ばれ、長い横線↓縦線↓短い横線の順で書くそうだ。対して、果たし状と依頼状の〈吉〉の字は、長い横線↓短い横線↓縦線の順らしい。

つまり、第一画↓第三画↓第二画だ。

「聞いたところによると、この書き癖を持つ人は国内でも十パーセント未満だそうですね。根拠としては、なかなかの数字じゃないでしょうか。それから、もう一つ」

次に皓が指したのは、宛名書きにある〈長崎県〉の字だった。よく見ると〈県〉の字が〈縣〉になっている。

「旧漢字ですね。当用漢字――今の呼び方だと、常用漢字ですか――が定められる以前のものです。つまり、この手紙の書き手は、新字体が〈略字〉と呼ばれていた頃、またはそれに近い時代に教育を受けた者となります。人間ならば九十歳以上。もしくは、僕と年の近い魔族ですね――たとえばアナタのような」

「くそっ、ほとんど言いがかりか！」

「そう言われると思って、筆跡鑑定に出しました。結果は、同一人物の筆によるものだそうです。これで専門家のお墨つきですね」

とは言え、本心は〈もしかすると自分の思い過ごしかもしれない〉という一縷《いちる》の望みにかけて依頼したのではないだろうか。

この結末を回避したかったのは、きっと皓も同じなのだ。

「ちなみに中の手紙の方は別人だそうです。となるとアナタが偽造したのは封筒のみ。おそらくもともとあった手紙の封を破って、別の封筒に差し替えたんでしょうね」

「……ああ、そうだ。あの一冴っていうデザイナー崩れ宛てだった」

では、もともとは〈依頼状〉ではなく、一冴宛ての〈招待状〉だったのか。

果たして、ついに手紙が届くことはなかった。

それでも一冴はこの島に来たのだ。それも、他でもない八月十九日に。もしかすると二人の間には、何か特別な結びつきがあったのかもしれない。

「さて、心配しなくても、僕にアナタは殺せませんよ。いえ、他の誰であってもね」

そう言って、また一歩、皓は足を踏み出した。

そして、静かに瞼《まぶた》を下ろすと、すぐにまた押し上げて、

「なぜなら、アナタが死者だからですよ――緋花《ひばな》兄さん」

数秒、あるいは一瞬だったかもしれない。

永遠のような沈黙が場を支配した。途切れるはずのない波音すらかき消すほどに。

「アナタにも、そろそろ見せるべきでしょうね」

言いながら皓は、一枚の写真を差し出した。

セピア色に退色した表面には、経年による斑《むら》染みが浮かんでいる。しかし写真の中の人物は、しっかりと色をとどめていた。

そのキャスケット帽に咲いた緋牡丹《ひぼたん》の朱《あか》も。

――緋だ。

写真の中央でおくるみに包まれた赤ん坊を抱いている。抱き方はおっかなびっくりなのに、必死に澄まし顔をしているのが可愛らしい。

(そう言えば)

半月前、緋少年について〈しかるべき人物〉に問い合わせた結果、送られてきたと言う写真。もしや、これこそがその一枚だったのだろうか。

「何だ、これ。いつ撮ったんだ？　こんな記憶、僕は――」

「ずいぶん古い写真ですよ。なにせ僕が生まれた頃ですからね。そう、アナタに抱かれている赤ん坊が、僕なんです」

――いや、おかしい。

写真の中の皓は、生まれたばかりの赤ん坊だ。なのに、それを抱いている緋少年の姿が、今と変わらないなんて。

「つまりアナタは、本当は僕の兄なんですよ、弟ではなくて」

意味を――理解することができなかった。

「僕には、かつて三十一人の兄がいました。そして全員が、その写真を撮った数日後に、実父である山本五郎左衛門の手で殺されています。半妖の上、末の生まれだった僕を跡取りの座にすえるために」

では、皓少年の言っていた〈しかるべき人物〉とは、魔王である山本五郎左衛門のことだったのか。

「う、嘘を吐くな！　こんな赤ん坊、僕は見たことない！　それに僕が死んだって言うんなら、どうして――」

生きてるんだ、と続けようとした声が、激しい咳《せき》に遮られた。

すると。

「〈長谷雄草紙《はせおぞうし》〉という絵物語をご存知ですか？」

不意に、明後日《あさって》の方に水を向けられてしまった。

「平安時代を舞台にした絵巻物で、紀《きの》長谷雄という一人の学者が、朱雀《すざく》門に棲《す》む鬼と双六《すごろく》勝負をする話です。勝った長谷雄は、絶世の美女を得たものの、鬼に課された禁を破り、女は水となって消えてしまいます。その正体は鬼が死人を集めて作り出した〈人造人間〉だったんです。さらに百年ほど前の〈撰集抄《せんじゆうしよう》〉にも〈高野へ参る事付たり骨人の事〉として〈鬼の、人の骨をとり集め侍りて人につくりなす様〉が記されています」

つまり、かつて死体から人を造ることは〈鬼の秘術〉とされてきたのか。

「骨から死者を復元する反魂の術――それこそが、この世にアナタをよみがえらせたものの正体です。記憶の方は、かなり都合よく改竄《かいざん》されているようですがね」

そんな、と呟《つぶや》いた緋少年は、さすがに茫然《ぼうぜん》自失の体だった。

そして。

「この秘術には、ある禁忌が課せられているんです」

言いながら皓の目は、じっと緋を見つめていた。まるで瞬《まばた》きをしたが最後、目の前から消え失《う》せてしまうと言わんばかりに。

「それは、死者の名を告げることです。〈それとあかしぬれば、つくりたる人も、つくられたる物もとけ失せる〉——つまり、水となって消えてしまうんですよ」

——そら、そんな風に
そう皓が告げた瞬間、愕然《がくぜん》と見開かれた緋の目が、一瞬で恐怖に染まった。見下ろした両手が、指先から透き通り始めていたからだ。まるで水の彫像と化したように。

「〈女、水になりて流れ失せにけり〉——結末だけは〈長谷雄草紙〉と同じですね」

酷《ひど》く静かな——いっそ抑揚を欠いた声で皓が言った。

その直後に。

「お、思い出した、思い出したぞ！」

髪を振り乱した緋の唇から、獣じみた咆哮《ほうこう》が上がった。ほとんど血の色に染まった白目を剝《む》いて、腹からどす黒い血をこぼしつつ立ち上がると、

「お前が、お前のせいで！　お前一人が死ねば、それですむはずだったのに！　お前なんかのせいで、みんな！」

その目にあったのは、殺意よりもなお禍々《まがまが》しい何かだった。そして、とっさに青児が皓の腕を引こうとするよりも、ほんの一瞬早く。

振り上げられた緋の爪が皓の頰肉を抉《えぐ》って、ざっと派手に血が飛沫《しぶ》いた。

しかし——それだけだった。

次の瞬間、人型の輪郭を失った緋の体が、ぱしゃっと音を立てて崩れ落ちた。まるで水の柱を手で砕いたように、呆気《あっけ》なく風にまぎれて消えていく。

顔も、手も、指も。

肉も、骨も、血も。

残ったのは、緋牡丹の造花が一輪。


ただ、それだけだった。


そして。

「最後に、爪で喉《のど》をかき切ることだってできたでしょうに」

カサリと両手で紅い花弁をすくい上げて皓が言った。焼け残った死者の骨に触れるのにも似た手つきで。

静かに、囁《ささや》くように。

かすかに——本当にかすかに、声の底を震わせながら。

「……できなかったんですね、あなたは」

緋花兄さん、と呼んだその声は、まるで空耳のように聞こえた。

泣き声のようにも。

＊

彼らの育った家は、ウェールズ北部に広がる大きな湖の畔《ほとり》にあった。

初めの頃、両親は彼らに何ら関心を持たなかった。夫婦仲は悪くないように思えたが、やがて家の中から父親の姿が消えると、残された母親は、アルコール度数の高い酒を買い漁《あさ》り、まるで世界中の不幸を拾い集めているかのように、日に日に不機嫌な暴君と化していった。

それから数年間——何があったかは覚えていない。彼女が死んだ時、その頃の記憶の一切を彼らは忘れてしまったからだ。

けれど、湖の畔の家で生きているのが彼ら二人だけになっても、その体はどちらかと言うと死体に近いような気がした。

両手の爪は剝がれ、骨の何本かは折れたまま、手足は痣《あざ》だらけ。兄は小指の先を嚙《か》みちぎられ、弟のズボンには犬の精液がこびりついていた。

そして、本物の死人が一人。かつて彼らが〈怪物〉と呼んでいた存在——けれど、今となっては、ただの美しい女性だ。

浴槽に沈んだ彼女の死体は、いつまで経っても腐らなかった。それどころか月明りに似た白い肌は、薄く蠟《ろう》を塗ったような光沢を帯び、時を重ねるごとに人から人形へと変わっていった。屍蠟と呼ばれるものになったのだ。

だから――ようやく彼らは、母親を愛することができた気がした。

二人で手をつないで、浴槽で眠る母親におやすみのキスをする。その瞬間、いつもこの上ない幸福の中にいる気がした。

母親を殺したのは兄だったのか、弟だったのか。彼らの内のどちらかが、浴槽でうたた寝していた母親の頭をつかんで、ぬるま湯の底に沈めたのだ。

けれど、そんなことはどうでもよかった。ようやく彼らは、彼らの母親を愛することができたのだから。

思えば、あの半年間こそが、彼らにとって最も幸福な時間だったのかもしれない。

やがて町中を巻きこんだ騒ぎの後、彼らは孤児院に行くことになった。

その矢先、唯一の血縁者だという叔父《おじ》夫婦が〈彼〉を引き取ったのは、口元にあった微笑のせいだ。泣いている誰かに笑いかけるような優しい笑み。思えばそれは、浴槽の中にいた母親の死体を真似たものだったのだ。

そして〈彼ら〉は〈彼〉になり、非の打ち所のない日本人であった養父母は、曾祖父《そうそふ》の名にあやかって彼を〈霜邑潤一郎〉と改名した。

彼は、養父母を愛することになっていたので、その通りにした。

彼は、学業で優秀な成績をおさめ、養父の跡を継ぐために精神科医を志すことになっていたので、その通りにした。

彼は、恩師に紹介された彼の娘と結婚することになっていたので、その通りにした。

彼の妻は、腹の中に赤ん坊ができたと知ったその日に〈あなたには人の心がない〉と言い残して、首を吊《つ》って死んでしまった。

彼は、誰よりも悲しむことになっていたので、その通りにした。


結局、〈彼〉は〈彼〉のまま、〈霜邑潤一郎〉には決してなれなかった。


彼は、そろそろ死ねないものかと思ったけれど、誰も彼が死ぬことを望んでくれなかったので、その通りにした。

そして——彼女と出会ったのだ。

絢辻璃子という少女の、似姿として造られたその人形に。

それは、大学の同窓だった萩に頼まれて、九州最西端の吉鷗島を訪ねた時のことだ。

まず思い出したのは、浴槽に沈んだ母親の姿だった。そして、双子の兄と手をつないで額にキスをした、その夜のことを。

天窓から降り注ぐ月光、つないだ手の温《ぬく》もり、口づけた額の冷たさ——そのすべてが彼女の中にあった。彼女の微笑は、人形となった母とまるで同じものだったから。

そうして初めて彼は、〈彼〉がもう〈彼ら〉でないことに涙したのだった。

悲しみも、怒りも、憎しみも、淋《さび》しさも——どうしても彼が手に入れることのできなかったすべてが、彼女の中にあった。

だから彼は、悩み相談を請け負っていると聞いた青年に、すべてを打ち明けたのだ。

ただ、ずっと彼女の側にいたいと。


——そして、萩が死んだ。


唐突に夢が終わった。

目覚めると、どんより曇った頭の中には、頭痛と眩暈《めまい》の感覚だけがあって、どうやら彼は、入り江の洞窟《どうくつ》で何者かに気絶させられ、今まで眠りこんでしまったらしい。

空が、うるさい。

嵐の終わりを祝福するように、群れをなした海鳥たちが、空を旋回しながら鳴いているのだ。奇妙に甲高い声は、内耳《ないじ》に爪を立てられるかのような不快さだ。

「おや、お目覚めですか」

声の主を見ると、濡《ぬ》れた岩壁に背中を預けて、腕組みした青年の姿があった。

——凜堂棘だ。

そして彼は、さっと壁から離れると、ステッキを鳴らして歩き出した。硬質な音は、まるで裁判官の振り下ろすジャッジガベルだ。

「さて、そろそろ時間です。どこかの誰かと違って、みすみす罪人を取り逃がす趣味はないものでね」

何を言っているのかわからなかった。

しかし目の前の青年は、霜邑の顔色などまるで頓着《とんちゃく》しない様子で、

「人として生まれ、生きながらにして人でなくなった者を鬼と呼ぶなら、なるほど、アナタは確かに鬼だ。しかし弱ったことに、だからこそ罪がない。〈鬼神に横道なきものを〉——これは酒呑童子の最期の言葉ですが、悪心というものは、人心があればこそ生まれるものなんですよ」

言いながら、おもむろに帽子のつばに指を添えると、

「なので此度の裁きは、人の手にゆだねることにしました」

薄い唇を三日月のように歪《ゆが》ませて——嗤《わら》ったのだった。


予告しましょう。

八月十九日、ホテル・イゾラ・ベッラで起こるのはバラバラ事件です。この天国よりもなお美しい地獄が一夜で終わりを告げることを約束します。どうぞ観客としてお越しください。

すらすら諳《そら》んじた言葉は、詩のように聞こえた。いや、手紙の一節かもしれない。

「さて、これは、璃子嬢の書いた手紙です。受け取った糞《くそ》餓鬼は〈依頼状〉だと早合点したようですが、おそらく本来は〈予告状〉ですね」

どうしてだろう。

海鳥たちの羽音が、まるで喧騒《けんそう》のようだ。今か今かと開演ブザーを待ち受ける群衆のただ中にいるかのように。

「おそらく璃子嬢は、二十歳の誕生日を区切りに、アナタとの決別を決意したんでしょう。そして、最も親愛の情を寄せる人物に宛てて、この手紙をしたためたんです。結果として、このホテル・イゾラ・ベッラに――ひいては彼女自身に死が訪れることを予感しながら。そして、そうまでして彼女が遂げようとした復讐とは何だったのか、手紙の文面から考えれば明々白々ですね。だから、私がやっておきました、彼女の代わりに」

そう告げた棘の貌は、かつて能の舞台で見た般若《はんにゃ》の面にも見えた。

憎悪、妄執、怨念《おんねん》、そして底抜けの悪意。本来、人の心を持つ者しかなしえない凶笑だ。まるで少女の怨霊が憑《つ》いたかのように。

「〈日本霊異記〉の〈女人悪鬼に點かれて食噉まるる縁〉を始めとして、平安の昔から、鬼に喰《く》われるのは女だと運命づけられてきたんですよ。しかし身の内に鬼を飼っているのも、また女だ。鬼に喰われる者でありながら、鬼となって喰らう者でもある。それが女という存在なんです――となれば、これもまた当然の幕引きですね」

直後、霜邑は矢も楯《たて》もたまらず駆け出していた。海上で迎えの船と合流するため、ゴムボートにのせて洞窟の奥に隠し、何重にも防水シートをかけた箱型のトランクへと。

震える指で留め具を外し、蓋《ふた》を開く。

そして――見た。

見てしまった。

現れたのは、棘の手でバラバラにされた〈彼女〉の姿だった。顔を砕かれ、関節をちぎられ、肌を裂かれ――まるで狼や野犬に喰い荒らされたかのように。


――予告しましょう。

八月十九日、ホテル・イゾラ・ベッラで起こるのはバラバラ事件です。


なるほど、確かにバラバラだ。

そう心の中で呟《つぶや》いた瞬間、彼は自分が壊れたのを知った。

海鳥の羽音が聞こえる。まるで客席から上がる万雷の拍手のように。

鳴き騒ぐその声は、憤怒か、怨嗟《えんさ》か――あるいは、喝采《かっさい》なのか。もしくは断末魔の悲鳴なのかもしれない。

そして、最後に棘の口から童謡の一節がこぼれ落ちて、

「まことにまことにご愁傷」

かくして鬼啖の舞台は終幕となった。

夜が明けたのだ。

＊

海ばかり見ていると思っていた。

ここではない場所ばかり見ていると。

どこにも逃げることのできない自分と同じように。


八月十九日。

毎年、この一日を前後して、祖父の建治郎を中心に、このホテル・イゾラ・ベッラに親戚《しんせき》一同が集うことになっていた。

建前は、従妹《いとこ》である璃子の誕生祝いで、しかし彼女は、たとえ山のようなプレゼントに囲まれても、退屈そうにそっぽを向いてばかりだった。

――海を見ている、と気づいたのは、一冴にとって十一歳の夏だ。

当時九歳だった彼女は、たとえば一人窓辺で寛《くつろ》いでいる時はもちろん、大人たちに容姿を褒めそやされている時でさえ、気がつくと海を見ていた。

だから――あの時もそうだったのだ。

〈まったくあの子は誰に似て出来が悪いんだか〉〈DNA鑑定はすませたらしいが、噂だと他にも男が〉〈生活苦での自殺って言っても、どうせ次の男にふられた腹いせだろ〉

口さがない大人たちの陰口から逃れるように、別館に忍びこんだ時だった。

空中回廊を渡った左手奥の空室に飛びこむと、意外にも一人の先客がいた。

――璃子だ。

扉の開く音がしても、現れた一冴には一瞥《いちべつ》もくれず、四角く切り抜かれた海の向こうをにらんでいる。

遥《はる》か遠くの水平線に陸影はなかった。漁船もまた見当たらない。ただ淋しげなほど青い水が、どこまでもどこまでも続いている。

どこか彼女の横顔に似ていると思った。

「あのさ、そこで突っ立ってるつもりなら、何かしゃべったら?」

じろっとにらまれて一冴は焦った。

振り向いた璃子の目尻《めじり》が、薄《うっす》ら赤みを帯びているのに気づいたからだ。まるで今の今まで声もなく泣いていたかのように。

「その……海をよく見てるなと思って」

気がつくと、そう口走っていた。

かつて著名な人形作家だったという叔父《おじ》は、はたから見ても一人娘である璃子を自分の作品の一つに仕立て上げようとしていた。喜怒哀楽を表すことを極端に嫌い、近頃では冗談に笑い声を立てただけで、不機嫌に舌打ちするほどだ。

　この島にいる限り、彼女はガラスケースに閉じこめられた人形なのだ。

「だから、やっぱり逃げたいんじゃないかと思ったんだ、この場所から」

　俺もそうだから、と続けようとして、喉《のど》の奥で声がかすれて消えてしまった。

　一冴もまた一体の人形だった。

　しかも紫朗という異母兄に似せようとして、似ても似つかなかった劣化品だ。

　幼い頃から、毎日のように習い事と塾をかけ持ちして——周りの大人たちの望む通りに生きようとして叶《かな》わなかった。

　自分が〈失敗作〉なのだと悟ってからは、せめて誰の不興も買わないよう、息をひそめて生きてきた。しかし、何でも受け身にこなしていく内に、いつしか上手《うま》く息ができなくなってしまった。

　まるで空気に圧し潰《つぶ》されつつあるように、酸欠めいた息苦しさが常にあって、いくら呼吸しても足りない気がした。

　ただ、遠くに逃げ出したかった。

　小言ばかりで口うるさい異母兄も、蔑みと嘲りの目を向ける大人たちも、誰も手の届かないような、ずっと遠くに。

　——心か、体か、どちらかが死んでしまう前に。

と、不意に。

べり、と音がして、璃子が左手の小指に巻いたガーゼを剝《は》がした。火傷痕《やけどあと》なのか、付け根の辺りが赤く腫《は》れて、水膨れができている。

そして璃子は、おもむろに左手に顔を近づけると、ガリ、と火傷痕に歯を立てた。

「いだっ！」

「ちょっと、アンタが痛いわけないでしょ、馬鹿！」

そう怒鳴りつけた璃子の目には、薄ら涙が滲《にじ》んでいた。そして、ごしごし乱暴に肩の辺りでこすると、泣き顔を隠すようにそっぽを向いて、

「さっきライターで炙《あぶ》ったの。この傷がある限り、私は私だから――人形じゃないってわかるようにしとかないと、いつか私自身わからなくなる気がして」

そう言った璃子の目は、波の来る方――水平線の彼方《かなた》に向けられていた。そして、潮風に揺れるその髪を、いささか鬱陶《うっとう》しげに片手で耳にかけながら、

「それと――私は逃げるんじゃなくて、出て行くのよ、行きたい場所に」

生きたい場所、のように聞こえた。

そう言い放った璃子の目は、危ういほどに正しくてまっすぐで。

そして、気づいた。

海ばかり見ている――と思った璃子の目は、本当は、その向こうにある外を見すえていたのだと。

——ああ、なんだ。

生きたい場所に、行けばいいのか。

不意に、すとんと納得できた気がした。まるで雁字《がんじ》搦《がら》めになっていた繰り糸を切り落とすことができたように。

——ああ、そうか。

それは、ここじゃないな。

いつかその場所に行けるのなら、こんな自分のまま生きたくはないな。

——だから。

変わろう、と思ったのは、それが初めてだったかもしれない。

と、その時。

割れた雲間から差した光が、ホテル・イゾラ・ベッラを照らし出した。

同時に、瞬《まばた》きすら忘れて一冴は視界に映るすべてに見入った。

まるで死の瀬戸際に懐古する人生で最も美しい一瞬のような、物哀しささえ感じる景色がそこにあった。そして、この先ずっと——きっと一生を終えるその瞬間まで、この光景を忘れられないような、そんな予感が。

確かに、ここは天国よりもなお美しい場所なのだ。

「ごめん、ちょっと」

震える声で言った一冴は、眩《まぶ》しさに耐えかねたように瞼《まぶた》を閉じて手の平で覆った。

声もなく泣いていることに、璃子は気づいていたのかもしれない。けれど、それきり何も言わないまま、ただ一冴の側にいてくれた。

あの日からずっと璃子が側にいてくれるような気がする。


あの日、あの場所で。

ようやく一冴は、人形から人になった。

模倣品でも、従属物でもなく、絢辻一冴という、ただ一人の人間として。

璃子の存在が一冴の心臓になった。

——そして、今なお生かし続けている。

＊

かくして。

絢辻兄弟の奮闘によって地下室のボイラーは爆発をまぬがれ、後は警察の到着を待つばかりとなった。本来なら青児たちも事情聴取に応じるべきなのだが、何やら閻魔《えんま》庁で取り図らってくれるそうで、篁さんの運転するレンタルボートでの一足早い帰還となった。おそらく都市伝説のメン・イン・ブラックも、正体は閻魔庁の役人だったりするのだろう。

そして、今。

青児と皓の姿は、屋敷へと続く一本道にあった。

視界の左右には、延々と続く黒板塀。頭上に広がっているのは、昨夜の嵐とは正反対とも言える青空だ。

ジージーうるさい蟬の声を聞く限り、永遠に夏が続く気もするが、ちらほら蟬の死骸《しがい》が転がっているのを見ると、意外と秋が近いのかもしれない。

「少し昔話をしましょう。僕の母の話です」

そう皓が切り出したのは、路地を半ば過ぎた頃だった。

聞けば——。

かつて戦災孤児だった皓の母親は、半玉《はんぎょく》から芸者になったばかりの十六歳で、薬問屋の後添えとして身請けが決まった。

しかし、式を目前に控えたある日。終戦直後の当時、街娼《がいしょう》たちを震え上がらせたという〈首刈り魔〉にかどわかされ、あげく根城に閉じこめられてしまったのだ。

「ただ、次第に追いつめられていったのは犯人の方だったんですね。ついには発狂して、耳をそぎ、頰をえぐり、片目をくり貫《ぬ》いて——そのすべてを自分の口に押しこめて窒息死したそうです」

警察が踏みこんだ時、凄惨《せいさん》を極めた自死現場には、一通の書置きが残されていた。

地獄は、死後の世界に在《あ》るばかりではない。

この女こそが——罪人に裁きを下す、地獄の鬼だ。

「えーと、つまり色んな意味で皓さんとそっくりだったんですね？」

「どうもそのようですねえ」

……自覚があるようで何よりである。

さて、めでたしめでたし——と思いきや、そうは問屋が卸さないのが〈世間様〉だ。

あの女は狂女だ。いや、鬼だ。

やれ〈犯人に人肉を所望したらしい〉だの、やれ〈犯人の持ち帰る生首で、夜な夜な人形遊びに興じたそうだ〉だの、聞くに堪えない噂が流れ、やがて彼女は座敷牢《ざしきろう》に閉じこめられた。そこで〈噂の鬼女を見てやろう〉と物見遊山で現れたのが、山本五郎左衛門だったのだ。

この女——神か、鬼か。

いずれにせよ、誰よりもむごく美しい女だ。

そうして五年の時をかけ、口説きに口説いた結果、腹に宿ったのが皓だったのだ。

しかし。

「公の記録では〈自死〉となっていますが、実際には僕を産んだことで亡くなっています。何を犠牲にしても、生まれた子を跡取りにすえるようにと、そう言い残して」

こうして山本五郎左衛門は、三十一人の我が子を手にかけた大罪人となったのだ。

「つまり僕は、鬼と畏《おそ》れられた狂女と、子殺しの大罪人から生まれたわけです」

物心ついた頃から、内にも外にも敵ばかり。

なにせ三十一人の兄たちには、比翼連理とうたわれた伴侶《はんりょ》も、義兄弟の契《ちぎ》りを交わした同朋《どうほう》も、それぞれにいたのだ。

その全員にとって皓少年の存在は、仇討《あだう》ちすべき怨敵《おんてき》なのだ。

「父のとった選択は、僕を隠すことでした。今の屋敷と同じように、人除《よ》けの呪《まじな》いがかかった場所で、世話人の紅子さんと二人で飼い殺されてきたわけです」

そして、今回の地獄堕《お》とし勝負の話が持ち上がり、突如として表舞台に引き出されたのが――つい五年前だ。

「それは……正直、投げ出したくもなりますね」

「ふふふ、知ったことか、とは正直思いました。けれど、僕が自由を勝ち取るためには、魔王の座につくしかないのも確かなんですね」

強いな、とその横顔に浮かんだ微笑を見て青児は思った。

誰よりも強くて――淋《さび》しそうだ。

「末の兄の緋花をよみがえらせたのは、父の側近の一人だそうです。殺された長兄と密《ひそ》かに恋仲だったそうで、仇討《あだう》ちの機会を狙っていたと」

説明によると。

緋少年が現れて後、皓が連絡を取った〈しかるべき人物〉とは、やはり山本五郎左衛門だったのだ。そこで紅子さんと皓は二手に分かれ――紅子さんは、山本五郎左衛門と二人、緋花の墓を暴いて蘇生《そせい》の術をほどこした下手人を炙《あぶ》り出し、皓の方は、敵の目を引きつける陽動として、招待先へと乗りこむことになった。

では青児は、知らぬ間に皓と二人で囮役《おとりやく》をやらされていたわけか。

「そして、その人物は、父の手で拷問されている最中――おそらく緋花が水と化したその瞬間に、水となって消えてしまったそうです」

――つくりたる人も、つくられたる物もとけ失《う》せる。

なるほど、まさに平安の昔から伝わる通りになったわけか。

「あ、じゃあ、これで本当に事件解決なんですね」

「ええ、おそらくは。ただ一つ気になることがありまして」

と言って、皓はことりと首を傾げた。

「どうも、その人物は――霜邑さんと面識がなかったようなんです」

「……は？」

思わず鳩が豆鉄砲を食ったような顔をしてしまった。

「え、いや、おかしいですよ！　それだと事件そのものが成り立たないんじゃ」

「ええ、ですから、首謀者は別にいたことになります。おそらく霜邑さんに代わって萩さんを殺し、璃子さんに父親殺しをそそのかしたあげく、緋少年を送りこんで一連の事件を引き起こした、そんな人物が――」

ぞわぞわと背中を百足《むかで》の群れが這《は》うような、そんな怖気《おぞけ》を青児は感じた。

昔、鬼とは〈隠《おぬ》〉であり、姿の見えないものだったと聞く。

ならば、きっと――その人物こそが、真《まこと》の鬼だ。

と。

「須々木芹那さんを覚えてますか？」

出し抜けに皓が口にしたのは、どこか懐かしい名前だった。

「えっと、俺の左目を包丁でスパッとやった人ですよね？」

「ええ、実は、あれから少し調べてみたんですが、どうも中学生の頃、親に捨てられているようなんですね」

年若い両親は、ギャンブルに溺《おぼ》れて多額の借金を作り、その取り立てから逃げるため、芹那を一人置き去りにして夜逃げしたのだ。

つまり芹那一人を闇金の取り立て屋への生贄《いけにえ》にして。

「その後、風俗店の寮で暮らしていたところを保護されて、親類の老夫婦に引き取られました。そして二年遅れで進級したものの、精神的に不安定な状態が続いたんですね」

そんな彼女を献身的に支えたのが、塾講師である亨青年だったのだ。

けれど、彼は――。

「過去の罪を僕に暴かれ、警察に出頭してしまいました。しかし、法にもとづいて刑に服することも、彼女にとっては置き去りにされたのと同じだったんです。彼女一人を置いて夜逃げした両親と同じように」

だから。

彼女は、複数の異性と性行為をすることで、過去のトラウマを再現したのだ。

これが、お前のさせたことだと。

お前も、両親と同じことを私にしたのだと、そう訴えるために。

――それは。

果たして、彼女だけの罪と言えるのだろうか。

「勝手ながら、芹那さんの養父母に亨さんのことをお伝えしました。お腹の中にいる赤ん坊のことは、専門家の治療を受けながら、これから親子三人で話し合っていくそうです。何にせよ、彼女を見捨てることは絶対にしないと、そう言っていました」

よかった、と青児は思った。

せめて今、側に誰かがいてくれて本当によかった。

「世阿弥《ぜあみ》が〈二曲三体人形図〉の中でつづった言葉に〈形鬼心人〉――〈形は鬼なれど

も、心は人なるがゆえに〉とあります。鬼と呼ばれるものが哀れなのは、その中に人の心を残しているからなんですね。芹那さんや——きっと、霜邑さんも」

人が、鬼になるのはなぜか。

そうあるべくして育てられたのなら、そうあることは罪なのだろうか。

——果たして、誰の罪なのか。

と、ちょうどトンネルの入り口にさしかかったところで、

「鬼から生まれた子と言うのなら、きっと僕も同じですから」

ぽつりと皓の呟《つぶや》く声が聞こえた。

対して青児は、必死にかける言葉を探して——見つからなかった。

思考はぐるぐる空回りするばかりで、気の利いた文句一つ浮かんでこない。

そして、えーとかあーとか唸《うな》った青児は、ほとんど無意識に手をのばして、よしよしと皓の頭を撫《な》でた。

たっぷり三十秒間、沈黙が落ちた。

そして、はっと我に返った青児が、反射的に土下座をかまそうとしたその時、ぶっと皓が噴き出した。そして、なおもクスクスと肩を震わせながら、

「考えてみると、誰かに頭を撫でてもらったのは生まれて初めてですね」

「ええ？」

「……いいえ、もしかすると赤ん坊の頃」

ぽつりと呟いた皓の、その表情で青児は理解した。

――緋花のことだ。

思えば、写真で目にした二人は、どこにでもいる兄弟のように見えた。ひょっとすると、兄として弟の頭を撫でることもあったのかもしれない。

かつて三十人もの兄がいたという緋花にとって、皓はこの世でたった一人の弟だったのだから。

「少しだけ、一冴さんと紫朗さんが羨《うらや》ましいですね」

そう切り出した皓の表情は、トンネルの薄闇にまぎれてよくわからなかった。

「兄弟は他人の始まりとも言いますから、すれ違ったり反目しあったり、色々と難しいものだと思います。けれど、良くも悪くも、ただいるだけで互いの人生に影響を与える存在は、それだけでえがたいものですね」

――親も、子も。

――兄も、弟も。

失ったら二度と戻らないのは同じなのだ。

「……ただ、家族というものは、血のつながりばかりじゃありませんから」

独白のような呟きだった。

え、と訊《き》き返すより先に、深緑の冬蔦《ふゆづた》が茂ったトンネルを抜ける。

その一瞬、時が止まったような気がした。

行く手に現れたのは、緑に埋もれるようにして佇《たたず》んだ一軒の西洋館だ。

それを目にした瞬間、まず胸にわき上がったのが懐かしさだったことに、青児自身が驚いてしまった。

(もしかして)

ひょっとすると自分は、この場所に帰りたかったのかもしれない。

この世で唯一、居ることを許されているこの場所に。

もしかすると、それは――居場所と呼べるものなのかもしれない。

と。

煉瓦《れんが》敷きの小道を渡って、人影が一つ現れた。

緩やかに吹く風が、手の平で撫でるように、切り揃えられた黒髪を乱して過ぎる。

相変わらずの、金魚を想わせる朱と黒――紅子さんだ。

「おかえりなさいませ」

やがて二人の前に立った紅子さんは、そう言って深々と一礼すると、ほんのわずかに唇の端を吊《つ》り上げた。

そして。

「……え、今、もしかして」

笑ったのだ、と気づいたのは、それからたっぷり一分後のことだった。

*

この世には、微笑《わら》う金魚もいるのかもしれない。

第三怪　黄泉《よみ》返りあるいはエピローグ

悩み相談のような、と霜邑に向かって青年は言った。

初めに渡された名刺には、黒地に金文字で〈探偵社〉とあったが、それとは別にプライベートで悩み相談を請け負うこともあるのだと。

「探偵業の方は、双子の弟と二人でやっています」

「弟さんも、探偵ですか？」

「いいえ、探偵は僕一人で、弟は助手ですね。いわゆるホームズ役とワトソン役。ちなみに二卵性なのでまったく似てません。あの子は、利口のふりをした馬鹿でね。けれど僕には、そこが可愛い――兄馬鹿ですね」

言いながら名刺の裏に素早くアドレスをしたためると、

「いずれ、探偵社の方からいなくなるので、こちらのアドレスにお願いします。なにせ、近々死ぬ予定ですしね」

色素の薄い髪は、うなじよりも少し長かった。中性的な顔立ちは、角度によっては女性のようにも映る。だからだろうか、探偵の象徴であるはずのインヴァネスコートも、一見した印象は魔女のローブだ。

そして、

「生き返るのが楽しみですよ」

と言って、荊《いばら》という名の青年は、暗紅色に咲いた華《はな》の貌《かお》で嗤ったのだった。

さながら荊棘《けいきょく》のように。

了

〈主要参考文献〉

『鬼の研究』（三一書房　馬場あき子　1971年）
『どこかで鬼の話　鬼の本をよみとく』（人文書院　奥田継夫　1990年）
『鬼の系譜　わが愛しの鬼たち』（五月書房　中村光行　1989年）
『異界と日本人　絵物語の想像力』（角川書店　小松和彦　2003年）
『叡山の和歌と説話』（世界思想社　新井栄蔵他編　1991年）
『スサノオ　第1号　鬼と日本人』（勉誠出版　志村有弘責任編集　2004年）
『絵本百物語　桃山人夜話』（国書刊行会　多田克己編　1997年）
『「鬼一口」覚書：『伊勢物語』第六段を起点として』（蔦尾和宏　岡山大学国語研究30巻　2016年3月20日）
『イタリア・バロック　美術と建築』（山川出版社　宮下規久朗　2006年）
『澁澤龍彦のイタリア紀行』（新潮社　澁澤龍彦他　2007年）
『ヨーロッパの乳房』（河出書房新社　澁澤龍彦　2017年）
『ナポレオン　島々の皇帝、流刑の皇帝』（東方出版　アルノー・ドネー画・文　2005年）
『人形愛の精神分析』（青土社　藤田博史　2006年）
『書物の王国　7　人形』（国書刊行会　江戸川乱歩他　1997年）

『フェティシズムの修辞学』（青弓社　北原童夢　1989年）
『人形と情念』（勁草書房　増渕宗一　1982年）
『文章鑑定人事件ファイル』（新潮社　吉田公一　2001年）
『稲生モノノケ大全陰之巻』（毎日新聞社　東雅夫編　2003年）
『鳥山石燕　画図百鬼夜行全画集』（角川書店　鳥山石燕　2005年）
『百鬼解読』（講談社　多田克己　1999年）
『妖怪・お化け雑学事典』（講談社　千葉幹夫　1991年）
『妖怪事典』（毎日新聞社　村上健司　2000年）
『暮しの中の妖怪たち』（文化出版局　岩井宏實　1986年）
『図説・日本未確認生物事典』（柏美術出版　笹間良彦　1994年）
『鬼のいる光景　―『長谷雄草紙』に見る中世―』（角川書店　楊暁捷　2002年）

本作は、書き下ろしです。

地獄《じごく》くらやみ花《はな》もなき 弐《に》

生《い》き人形《にんぎょう》の島《しま》

路生《みちお》よる

平成30年 10月25日　初版発行
令和６年 11月25日　12版発行

発行者●山下直久

発行●株式会社KADOKAWA
〒102-8177　東京都千代田区富士見2-13-3
電話　0570-002-301（ナビダイヤル）

角川文庫 21236

印刷所●株式会社KADOKAWA
製本所●株式会社KADOKAWA

表紙画●和田三造

●お問い合わせ
https://www.kadokawa.co.jp/（「お問い合わせ」へお進みください）
※内容によっては、お答えできない場合があります。
※サポートは日本国内のみとさせていただきます。
※Japanese text only

ISBN 978-4-04-106789-5　C0193

角川文庫発刊に際して

角川源義

第二次世界大戦の敗北は、軍事力の敗北であった以上に、私たちの若い文化力の敗退であった。私たちの文化が戦争に対して如何に無力であり、単なるあだ花に過ぎなかったかを、私たちは身を以て体験し痛感した。西洋近代文化の摂取にとって、明治以後八十年の歳月は決して短かすぎたとは言えない。にもかかわらず、近代文化の伝統を確立し、自由な批判と柔軟な良識に富む文化層として自らを形成することに私たちは失敗して来た。そしてこれは、各層への文化の普及滲透を任務とする出版人の責任でもあった。

一九四五年以来、私たちは再び振出しに戻り、第一歩から踏み出すことを余儀なくされた。これは大きな不幸ではあるが、反面、これまでの混沌・未熟・歪曲の中にあった我が国の文化に秩序と確たる基礎を齎らすためには絶好の機会でもある。角川書店は、このような祖国の文化的危機にあたり、微力をも顧みず再建の礎石たるべき抱負と決意とをもって出発したが、ここに創立以来の念願を果すべく角川文庫を発刊する。これまで刊行されたあらゆる全集叢書文庫類の長所と短所とを検討し、古今東西の不朽の典籍を、良心的編集のもとに、廉価に、そして書架にふさわしい美本として、多くのひとびとに提供しようとする。しかし私たちは徒らに百科全書的な知識のジレッタントを作ることを目的とせず、あくまで祖国の文化に秩序と再建への道を示し、この文庫を角川書店の栄ある事業として、今後永久に継続発展せしめ、学芸と教養との殿堂として大成せんことを期したい。多くの読書子の愛情ある忠言と支持とによって、この希望と抱負とを完遂せしめられんことを願う。

一九四九年五月三日